Also by Anna Gavalda

I WISH SOMEONE WERE WAITING FOR ME SOMEWHERE

ENSEMBLE, C'EST TOUT

A n n a   G a v a l d a

Someone I Loved

Translated from the French by
Catherine Evans

RIVERHEAD BOOKS
NEW YORK

THE BERKLEY PUBLISHING GROUP
Published by the Penguin Group
Penguin Group (USA) Inc.
375 Hudson Street, New York, New York 10014, USA
Penguin Group (Canada), 10 Alcorn Avenue, Toronto, Ontario M4V 3B2, Canada
(a division of Pearson Penguin Canada Inc.)
Penguin Books Ltd., 80 Strand, London WC2R 0RL, England
Penguin Group Ireland, 25 St. Stephen's Green, Dublin 2, Ireland (a division of Penguin Books Ltd.)
Penguin Group (Australia), 250 Camberwell Road, Camberwell, Victoria 3124, Australia
(a division of Pearson Australia Group Pty. Ltd.)
Penguin Books India Pvt. Ltd., 11 Community Centre, Panchsheel Park, New Delhi–110 017, India
Penguin Group (NZ), cnr Airborne and Rosedale Roads, Albany, Auckland 1310, New Zealand
(a division of Pearson New Zealand Ltd.)
Penguin Books (South Africa) (Pty.) Ltd., 24 Sturdee Avenue, Rosebank, Johannesburg 2196,
South Africa

Penguin Books Ltd., Registered Offices: 80 Strand, London WC2R 0RL, England

This is a work of fiction. Names, characters, places, and incidents either are the product of the author's
imagination or are used fictitiously, and any resemblance to actual persons, living or dead, business
establishments, events, or locales is entirely coincidental.

First published in France by Le Dilettante as *Je l'aimais*, January 2002

Copyright © Le Dilettante, 2002
English translation copyright © Penguin Group (USA) Inc., 2005
Cover design by Honi Werner
Book design by Tiffany Estreicher

First Riverhead trade paperback edition: April 2005

Library of Congress Cataloging-in-Publication Data

Gavalda, Anna, 1970–
    [Je l'aimais. English]
    Someone I loved / Anna Gavalda ; translated from the French by Catherine Evans.
        p. cm.
    ISBN 1-59448-041-9
    I. Evans, Catherine. II. Title.

PQ2667.A97472J3913 2005
843'.92 — dc22

                                                                        2004061478

PRINTED IN THE UNITED STATES OF AMERICA

10   9   8   7   6   5   4   3   2   1

For Constance

Someone I Loved

"What did you say?"

"I said I'm going to take them. It will do them good to get away for a while."

"But when?" my mother-in-law asked.

"Now."

"Now? You're not thinking . . ."

"Yes, I am."

"What are you talking about? It's nearly eleven! Pierre, you—"

"Suzanne, I'm talking to Chloé. Chloé, listen to me. I've got a notion to take you away from here. What do you say?"

I say nothing.

"Do you think it's a bad idea?"

"I don't know."

"Go get your things. We'll leave when you get back."

"I don't want to go to my place."

"Then don't. We'll sort everything out when we get there."

"But you don't—"

"Chloé, Chloé, please. Trust me."

My mother-in-law continued to protest:

"But—! You're not really going to wake up the children! The house isn't even heated, and there's nothing to eat! Nothing for the girls! They—"

He stood up.

. . .

Marion is sleeping in her car seat, her thumb next to her lips. Lucie is beside her, rolled in a ball.

I look at my father-in-law. He sits upright. His hands grip the steering wheel. He hasn't said a word since we left. I see his profile when we enter the headlights of on-coming cars. I think that he is as unhappy as I am. That he's tired. Disappointed.

He feels my gaze:

"Why don't you get some sleep? You should get some

rest, you know—lean your seat back and drift off. We've got a long way to go . . ."

"I can't," I tell him. "I'm watching over you."

He smiles at me. It's barely a smile.

"No . . . it's the other way around."

We return to our private thoughts.

I cry behind my hands.

We're parked at a service station. I take advantage of his absence to check my cell phone.

No messages.

Of course.

What a fool I am.

What a fool . . .

I turn the radio on, then off.

He returns.

"Do you want to go in? Do you want something?"

I give in.

I press the wrong button; my cup fills with a nauseating liquid that I throw away at once.

In the store, I buy a package of diapers for Lucie and a toothbrush for myself.

He refuses to start the car until I have leaned my seat back.

. . .

I opened my eyes as he was switching off the engine.

"Don't move. Stay here with the girls while it's still warm. I'll go and turn on the radiators in your room. Then I'll come and get you."

I pleaded with my phone.

At four in the morning . . .

I'm such a fool.

No way to fall back to sleep.

The three of us are lying in Adrien's grandmother's bed, the one that creaks so horribly. It was our bed.

We would try to make love with as little movement as possible.

The whole house would hear if you moved an arm or a leg. I remember Christine's insinuations when we came down to breakfast the first morning. We blushed into our coffee and held hands under the table.

We learned our lesson. After that, we made love as quietly as could be.

I know that he will return to this bed with someone else, and that with her, too, he will pick up this big mattress and throw it on the floor when they can't stand it any longer.

It's Marion who wakes us up. She is running her doll on the comforter, while telling a story about flying lollipops. Lucie touches my eyelashes: "Your eyes are all stuck together."

We dress under the covers, because the room is too cold.

The creaking bed makes them laugh.

My father-in-law has lit a fire in the kitchen. I see him at the end of the garden, looking for logs in the woodshed.

This is the first time I've been alone with him.

I've never felt comfortable in his presence. Too distant. Too silent. And with everything Adrien told me about how hard it was growing up beneath his gaze, his harshness, his rages, the ordeals around school.

It was the same with Suzanne. I never saw them be affectionate with each other. "Pierre is not very demonstrative, but I know what he feels for me," she told me one day when we were talking about love while snapping the ends off green beans.

I nodded, but I didn't understand. I didn't understand this man who minimized and controlled his passions. To show nothing out of fear of appearing weak—I could never understand that. In my house, touching and kissing are like breathing.

I remember a stormy evening in this kitchen . . . Christine, my sister-in-law, was complaining about her children's teachers, calling them incompetent and small-minded. From there, the conversation drifted into education in general, then hers in particular. And then the winds changed. Menacingly. The kitchen was transformed into a courtroom, with Adrien and his sister as the prosecutors, and in the dock—their father. It was horrible . . . If only the lid had finally blown off, but no. All the bitterness was pushed down again, and they avoided a big blowup by making do with a few deadly jabs.

As usual.

What would have been possible, anyway? My father-in-law refused to take the bait. He listened to his children's bitter words without a word of response. "Your criticisms roll off me like water off a duck's back," he always said, smiling, before leaving the room.

This time, though, the discussion had been tougher.

I can still see his strained face, his hands gripping the water pitcher as though he had wanted to smash it before our eyes.

I imagined all those words that he would never say and I tried to understand. What came over him? What did he think about when he was alone? And what was he like—intimately?

In despair, Christine turned to me:

"And you, Chloé, what do you make of all this?"

I was tired, I wanted the evening to be over. I had had it up to here with their family drama.

"Me?" I said thoughtfully. "I think that Pierre doesn't live among us, I mean not really. He's a kind of Martian lost in the Dippel family . . ."

The others shrugged and turned away. But not him.

He loosened his grip on the pitcher. His face relaxed and he smiled at me. It was the first time I had ever seen him smile in that way. Maybe the last time, too. I think we developed some sort of understanding that evening . . . something subtle. I had tried to defend him as best I

could, my odd, gray-haired Martian, who now was walking toward the kitchen door pushing a wheelbarrow full
of wood.

. . .

"Is everything all right? You're not cold?"

"Yes, yes, everything's fine, thanks."

"And the girls?"

"They're watching cartoons."

"There are cartoons on at this hour?"

"They're on every morning during school vacation."

"Oh . . . great. You found the coffee?"

"Yes, thanks."

"And what about you, Chloé? Speaking of vacations,
shouldn't you—"

"Call the office?"

"Well, I just thought—"

"Yes, yes, I'm going to do it, I . . ."

I started to cry again.

My father-in-law lowered his gaze. He took off his
gloves.

"I'm sorry, I'm interfering with something that's none
of my business."

"No, it's not that. It's just that . . . I feel lost. I'm completely lost . . . I . . . you're right, I'll call my boss."

"Who is your boss?"

"A friend. At least, I think she's a friend. We'll see . . ."

I pulled my hair back with an old hairband of Lucie's that was in my pocket.

"Just tell her you're taking a few days off to take care of your old moth-eaten father-in-law," he suggested.

"All right . . . I'll say moth-eaten *and* impotent. That makes it sound more serious."

He smiled as he blew on his coffee cup.

Laure wasn't in. I mumbled a few words to her assistant, who had a call on another line.

I also called home. Punched in the answering machine code. Nothing important.

What did I expect?

And once again, the tears came. My father-in-law entered and quickly left.

Go on, I told myself, you need to have a good healthy cry. Dry your tears, squeeze out the sponge, wring out your big, sad body and turn the page. Think about something else. One foot in front of the other and start over again.

That's what everyone keeps saying. Just think about something else. Life goes on. Think of your daughters. You can't just let yourself go. Get a grip on yourself.

Yes, I know, I know, but: I can't.

What does "to live" mean, anyway? What does it really mean?

My children, what do I have to offer them? A messed-up mother? An upside-down world?

I really do want to get up in the morning, get dressed, feed myself, dress them, feed them, hang on until evening and then put them to bed and kiss them good night. I've done that, anybody can. But not anymore.

For God's sake.

Not anymore.

"Mama!"

"Yes?" I answered, wiping my nose on my sleeve.

"Mama!"

"I'm here, I'm here . . ."

Lucie stood in front of me, wearing her coat over her nightgown. She was swinging her Barbie doll around by the hair.

"You know what Grandpa said?"

"No."

"He said we're going to go eat at McDonald's."

"I don't believe you," I answered.

"But it's true! He told us himself."

"When?"

"A little while ago."

"I thought he hated McDonald's . . ."

"Nope, he doesn't hate it. He said we're going shopping, and afterward we're going to McDonald's—even you, even Marion, even me, and even him!"

She took my hand as we climbed the stairs.

"I don't have many clothes here, you know. We forgot them all in Paris."

"That's true," I said. "We forgot everything."

"And you know what Grandpa said?"

"No."

"He told me and Marion that he's going to buy us clothes when we go shopping. And we can pick them ourselves."

"Oh, really?"

I changed Marion's diaper while tickling her tummy.

All the while, Lucie sat on the edge of the bed and kept on talking.

"And then he said okay . . ."

"Okay to what?"

"To everything I asked for . . ."

Oh no . . .

"What did you ask for?"

"Barbie clothes."

"For your Barbie?"

"For my Barbie and for me. The same for both!"

"Not those horrible sparkly T-shirts?"

"Yes, and everything that goes with them: pink jeans, pink sneakers with Barbie on them, and socks with the

little bow . . . You know . . . right there . . . the little bow
in the back . . ."

She pointed to her ankle.

I laid Marion down.

"Beeeeoooootiful," I told her, "you're going to look
just beeeooooootiful!"

Her mouth twisted.

"Anyway, you think everything that's nice is *ugly*."

I laughed; I kissed her adorable little frown.

She put on her dress, dreaming all the while.

"I'm going to look beautiful, huh?"

"You're already beautiful, my sweet. You're already
very, very beautiful."

"Yes, but even more . . ."

"You think that's possible?"

She thought for a second.

"Yes, I think so."

"Come on, turn around."

What a wonderful invention little girls are, I thought as I
combed her hair. What a wonderful invention.

While we were standing in line, my father-in-law admitted he hadn't set foot in a supermarket in more than ten years.

I thought about Suzanne.

Always alone, behind her shopping cart.

Always alone everywhere.

After their chicken nuggets, the girls played in a sort of cage filled with colored balls. A young man told them to take off their shoes, and I kept Lucie's awful "You're a Barbie girl!" sneakers on my lap.

Worst of all, they had a sort of transparent wedge heel. . . .

"How could you have bought such awful things?"

"It made her so happy . . . I'm trying not to make the

same mistakes with the next generation. You see, it's like this place . . . Even if it had been possible, I would never have brought Christine and Adrien here thirty years ago. Never! And why, I ask myself now—why would I have deprived them of this type of pleasure? In the end, what would it have cost me? A miserable fifteen minutes? What's a miserable fifteen minutes compared with the shining faces of your kids?"

"I've done everything wrong," he said, shaking his head. "Even this damn sandwich, I'm holding it wrong, right?"

His pants were covered with mayonnaise.

"Chloé?"

"Yes."

"I want you to eat. Forgive me for talking to you like Suzanne, but you haven't eaten anything since yesterday."

"I can't seem to do it."

He backed off.

"You're right—how could you eat something like this, anyway? Who could? Nobody!"

I tried to smile.

"All right, you can keep dieting for now, but tonight, it's over! Tonight I'm making dinner, and you're going to have to make an effort, all right?"

"All right."

"And this? How do you eat this astronaut thing, anyway?"

He held up an improbable salad sealed in a plastic shaker.

. . .

We spent the rest of the afternoon in the garden. The girls fluttered around their grandfather, who had gotten it into his head to fix up the old swing. I watched them from a distance, sitting on the steps. It was cold but clear. The sun shone in their hair, and I thought they were beautiful.

I thought about Adrien. What was he doing?

Where was he at this exact moment?

And with whom?

And our life, what was it going to look like?

Every thought drew me closer to the bottom. I was so tired. I shut my eyes. I dreamed that he had arrived. There was the sound of an engine in the courtyard, he sat down next to me, he kissed me and put his finger on my lips in order to surprise the girls. I can still feel his tenderness on my neck, his voice, his warmth, the smell of his skin, it's all there.

It's all there . . .

All I have to do is think about it.

How long does it take to forget the odor of someone who loved you? How long until you stop loving?

If only someone would give me an hourglass.

· · ·

The last time we were in each other's arms, I was the one who kissed him. It was in the elevator in the Rue de Flandre.

He didn't resist.

Why? Why did he let himself be kissed by a woman he no longer loved? Why did he give me his lips? His arms?

It doesn't make any sense.

The swing is fixed. Pierre shoots me a glance. I turn my head. I don't want to meet his gaze. I'm cold, my nose is running, and I have to go warm up the bathroom.

"What can I do to help?"

He had tied a dish towel around his waist.

"Lucie and Marion are in bed?"

"Yes."

"They won't be cold?"

"No, no, they're fine. Tell me what I can do."

"You can cry without embarrassing me for once . . . It would do me good to see you cry for no reason. Here, cut these up," he added, handing me three onions.

"You think I cry too much?"

"Yes."

Silence.

I picked up the wooden cutting board near the sink and sat down across from him. His face was tight once again. The only sounds came from the fireplace.

. . .

"That's not what I meant to say . . ."

"I'm sorry?"

"I didn't mean to say that. I don't think you cry too much, I'm just overwhelmed. You're so pretty when you smile . . ."

"Would you care for a drink?"

I nodded.

"Let's let it warm up a bit, it would be a shame otherwise . . . Do you want a Bushmills while we're waiting?"

"No, thanks."

"Why not?"

"I don't like whiskey."

"What a shame! This is not just whiskey. Here, taste this."

I put the glass to my lips; it tasted like lighter fluid. I hadn't eaten for days, and suddenly I was drunk. My knife slipped on the onion skins, and my head rolled on my neck. I thought I was going to chop off a finger. I felt just fine.

"It's good, isn't it? Patrick Frendall gave it to me for my sixtieth birthday. Do you remember Patrick Frendall?"

"Uh . . . no."

"Yes, you do. You met him here, don't you remember? A big fellow with huge arms."

"The one who tossed Lucie in the air until she was about to throw up?"

"That's the one," Pierre said, pouring me another drink.

"Yes, I remember."

"I really like him; I think about him a lot. It's odd, I consider him to be one of my best friends and I hardly know him."

"Do you have best friends?"

"Why do you ask such a thing?"

"Just to ask, I . . . I don't know. I've never heard you talk about them."

My father-in-law threw himself into cutting carrot rounds. It's always amusing to watch a man cook for the first time in his life. That way of following a recipe to the letter, as if Julia Child were looking over his shoulder.

"It says 'cut the carrots in medium-sized rounds.' Do you think it's good like that?"

"Perfect!"

I laughed. With a rubber neck, my head lolled on my shoulders.

"Thanks. So, where was I? Oh yes, my friends . . . I've had three in my life. I met Patrick on a trip to Rome, some sort of pious nonsense organized by my parish. My first trip without my parents . . . I was fifteen. I didn't understand a word this Irishman, twice my size, was saying to me, but we got along immediately. He had been raised in the most Catholic family in the world, and I was just getting out from under my suffocating family . . . Two young hounds unleashed in the Eternal City . . . What a pilgrimage that was!"

It still gave him a thrill.

He heated the onions and carrots in a casserole with bits of smoked ham. It smelled wonderful.

"And then there's Jean Théron, whom you know, and my brother, Paul, who you never met because he died in '56."

"You considered your brother to be your best friend?"

"He was even more than that. Chloé, from what I know of you, you would have adored him. He was refined, funny, attentive to everyone, always in a good mood. He painted . . . I'll show you his watercolors tomorrow, they're in my study. He knew all the bird calls. He liked to tease people, but never harmed a soul. He was charming, really charming. Everyone loved him . . ."

"What did he die of?"

My father-in-law turned away.

"He went to Indochina. He came back sick and half-mad. He died of tuberculosis on Bastille Day, 1956."

I said nothing.

"I don't need to tell you that after that, my parents

never watched a single parade again for the rest of their lives. Celebrations, fireworks, that was the end of that."

He added pieces of meat and turned them over, browning them on all sides.

"You see, the worst part was that he had volunteered. He was in school at the time. He was brilliant. He wanted to work at the National Forestry Office. He loved trees and birds. He should never have gone over there. He had no reason to go. None. He was gentle, a pacifist. He quoted Giono, and he—"

"So why did he go?"

"Because of a girl. Your typical unhappy love affair. It was ridiculous; she wasn't even a woman, just a young girl. It was absurd. Even as I'm telling you this—and every time I think about it—I'm just floored by the inanity of our lives. A good boy goes off to war because of a sulky young lady . . . it's grotesque. It's something you read in bad novels. It's like a soap opera, a story like that."

"She didn't love him?"

"No. But Paul was crazy about her. He adored her. He had known her since she was twelve; he wrote her letters she probably didn't even understand. He went swaggering off to war. So she could see what a man he was! And the night before he left, the ass, he bragged: 'When she asks you, don't give her my address right away. I want to be the first to write.' Three months later, she got engaged to the son of the butcher on the Rue de Passy."

He shook a dozen different spices into the pot, whatever he could find in the cupboards.

I shuddered to think what Julia Child would have said.

"A big pale boy who spent his days boning cuts of meat in the back of his father's shop. You can imagine what a shock it was for us. She ditched our Paul for this big lump. He was over there, halfway around the world, he was probably thinking about her, writing poetry for her, the fool, and she, all she could think about was going out with an oaf who was allowed to borrow his father's car on Saturday night. A sky-blue Frégate, as I recall . . . Of course, she was free not to love him, but Paul was too impetuous, he never could do anything without bravura, without . . . without flair. What a waste . . ."

"And then?"

"And then nothing. Paul came home and my mother switched butchers. He spent a lot of time in this house, which he hardly ever left. He drew, read, complained that he couldn't sleep. He suffered a great deal, coughed constantly, and then he died. At twenty-one."

"You've never spoken of him."

"No."

"Why?"

"I always liked talking about him with people who had known him; it was easier . . ."

I pushed my chair back from the table.

"I'll set the table. Where do you want to eat?"
"Here in the kitchen is fine."

He switched off the overhead light, and we sat down, facing each other.
"It's delicious."
"Do you really think so? It seems a bit overcooked, don't you think?"
"No, no, really, it's perfect."
"You're too good."
"It's your wine that's good. Tell me about Rome."
"About the city?"
"No, about this pilgrimage . . . What were you like when you were fifteen?"
"Oh . . . what was I like? I was the stupidest boy in the world. I tried to keep up with Frendall's big strides. I talked incessantly, told him about Paris, the Moulin Rouge, said anything that came into my head, and lied shamelessly. He laughed and said things that I didn't understand either, which made me laugh in turn. We spent our time stealing coins from the fountains and smirked every time we met someone of the opposite sex. We

were completely pathetic, when I think of it now. I don't remember the goal of the pilgrimage anymore. There was no doubt a good cause, an occasion for prayer, as they say. I don't remember anymore. For me, it was a huge breath of fresh air. Those few days changed my life. I discovered the taste of freedom. It was like . . . would you like some more?"

"Yes, please."

"You have to understand the context. We were all pretending to win a war. There was so much ill-will in the air. We couldn't mention anyone's name, a neighbor, a shopkeeper, a friend's parents, without my father immediately pigeonholing them—this one's an informer, that one was denounced, a coward, a good-for-nothing. It was horrible. It's perhaps hard to imagine it now, but believe me, it was horrible for us children. We hardly spoke to him, or very little. Probably just the strict minimum. But one day, I asked him, 'If you think humanity is so awful, then why did you go and fight for it?'"

"What did he answer?"

"Nothing . . . just disdain."

"Stop, stop, that's plenty!"

"I was living on the second floor of a building that was completely gray, buried in the sixteenth arrondissement. It was such a sad . . . My parents didn't have the means to live there, but the address was prestigious, you see. The sixteenth! We were squeezed into a grim apartment that never got any sun, and where my mother forbid us to open the windows because there was a bus depot just underneath. She was afraid that the curtains would . . . would get soiled . . . oh, that gentle woman from Bordeaux, who made me conjugate my verbs from the imperfect to the subjunctive, it was just unbelievable! I was terribly bored. I was too young to interest my father and my mother just fluttered around.

"She went out a lot. 'Time spent at the parish,' she would say, rolling her eyes. She overdid it, acted shocked at the behavior of certain church ladies whom she had made up out of thin air. She would take off her gloves and toss them on the hall table as we would finally return her apron, sighing, prancing about, chattering, lying, sometimes tripping herself up. We just let her talk. Paul called her Sarah Bernhardt, and after she left the room my father would resume reading *Le Figaro* without a word . . . Some potatoes?"

"No, thanks."

"I was a student on half-board at the Lycée Janson-de-Sailly. I was as gray as my building. I read *Coeurs Vaillants* and the adventures of Flash Gordon. I played tennis with the Mortellier boys every Thursday. I . . . I was a very good, very dull boy. I dreamed of taking the elevator to the sixth floor just to take a look . . . Talk about an adventure! Going up to the sixth floor! What a simpleton I was, I swear.

"I was waiting for Patrick Frendall.

"I was waiting for the Pope!"

He got up to stoke the fire.

"Anyway, the trip wasn't a revolution . . . a lark at most. I always thought I would . . . how shall I say . . . throw off the yoke one day. But no. Never. I kept on being that very good, very dull boy. But why am I telling you all this? Why am I so talkative all of a sudden?"

"It was me that asked the question."

"Well, that's still no reason! I'm not boring you to death with my trip down memory lane?"

"No, no, on the contrary. I like it just fine."

. . .

The following morning, I found a note on the kitchen table: *Gone to office. Back later.*

There was hot coffee and an enormous log on the fire.

Why didn't he tell me he was going?

What a strange man . . . Like a fish, always twisting away from you, slipping out of your hands.

I poured myself a large cup of coffee and drank it standing up, leaning against the kitchen window. I looked at the robins swarming around the piece of suet that the girls had laid on the bench the previous day.

The sun had almost risen above the hedge.

I was waiting for them to wake up. The house was too quiet.

I wanted a cigarette. It was stupid, I hadn't smoked in years. But that's what life is like . . . You show what incredible willpower you have, and then one winter morning you decide to walk four kilometers in the cold to buy a pack of cigarettes. You love a man, you have two children with him, and one winter morning, you learn that he has left because he loves someone else. Saying he is sorry, that he made a mistake.

Like calling a wrong number: "Excuse me, I've made a mistake."

Why, think nothing of it . . .

Like a soap bubble.

It's windy. I go out to hide the suet.

I watch television with the girls. I'm horrified: the characters in the cartoons seem so stupid and spoiled. Lucie becomes annoyed, shakes her head, begs me to be quiet. I want to tell her about Candy.

When I was little, I was hooked on Candy.

Candy never talked about money, only about love. And then I stop talking. That will teach me to act like little miss Candy . . .

The wind blows harder and harder. I give up the idea of walking to the village.

We spend the afternoon in the attic. The girls play dress-up. Lucie waves a fan in her sister's face:

"Are you too hot, Countess?"

The Countess can't move. She has too many hats on her head.

We bring down an old cradle. Lucie says that it needs a new coat of paint.

"Pink?" I ask her.

"How did you guess?"

"I'm very clever."

The telephone rings. Lucie answers.

At the end, I hear her ask:

"Do you want to talk to Mama now?"

She hangs up shortly after. Doesn't come back and join us.

I continue to strip the cradle with Marion.

I find her when I go down to the kitchen, her chin on the table. I sit down next to her.

We look at each other.

"One day, will you and Papa be in love again?"

"No."

"Are you sure?"

"Yes."

"I already knew it, anyway . . ."

She got up and added:

"You know what else?"

"No, what?"

"The birds have already eaten everything . . ."

"Really? Are you sure?"

"Yes, come see."

She came around the table and took my hand.

We were in front of the window. There was my little blond girl next to me. She was wearing an old tuxedo shirtfront and a moth-eaten skirt. Her "You're a Barbie girl!" sneakers fit into her great-grandmother's button-up shoes. My large hand fit completely around hers. We watched the trees in the garden bending in the wind, and probably thought the same thing . . .

The bathroom was so cold that I couldn't lift my shoulders out of the water. Lucie shampooed our hair and gave us all sorts of wild hairdos. "Look, Mama! You have horns on your head!"

I knew it already.

It wasn't very funny, but it made me laugh.

"Why are you laughing?"

"Because I'm stupid."

"Why are you stupid?"

We dried ourselves off while dancing.

Nightgowns, socks, shoes, sweaters, robes, and more sweaters.

My two roly-polies went down to have their soup.

The power went out just as Babar was playing with the elevator in a big department store, under the angry gaze of the operator. Marion started to cry.

"Wait here, I'll go turn the lights back on."

"Waah! Waaaaahhhh!"

"Stop that, Barbie Girl, you've made your sister cry."

"Don't call me Barbie Girl!"

"So stop."

It wasn't the circuit breaker or the fuse. The shutters banged, the doors creaked, and the whole house was plunged into darkness.

Brontë sisters, pray for us.

I wondered when Pierre was going to return.

I brought the girls' mattress down into the kitchen. Without an electric radiator, it was impossible to let them sleep up there. They were as excited as could be. We pushed back the table and laid their makeshift bed next to the fireplace.

I lay down between them.

"And Babar? You didn't finish . . ."

"Hush, Marion, hush. Look right in front of you. Look at the fire. That's what will tell you stories . . ."

"Yes, but . . ."

"Shhhh."

They fell asleep immediately.

. . .

I listened to the sounds of the house. My nose itched, and I rubbed my eyes to keep from crying.

My life is like this bed, I kept thinking. Fragile. Uncertain. Suspended.

I lay there waiting for the house to blow away.

I was thinking that I had been cast off.

It's funny how expressions are not just expressions. You have to have experienced real fear to understand the meaning of "cold sweat," or very anxious to know exactly what "my stomach was in knots" means, right?

It's the same with "cast off." What a marvelous expression. I wonder who thought it up.

Cast off the mooring lines.

Untie the wife.

Take to the sea, spread your albatross wings, and go fuck on some other horizon.

No, really, what better way to put it?

I'm starting to sound bitter; that's a good sign. Another few weeks and I'll be really nasty.

The trap really lies in thinking that you are moored. You make decisions, take out loans, sign agreements, and even take a few risks. You buy houses, put the children in rooms all painted pink, and sleep entwined every night. You marvel at this . . . What is it called? This *intimacy*.

Yes, that's what it was called, when one was happy. And even when one was less happy . . .

The trap lies in thinking that one has the right to be happy.

How ridiculous we are. Naïve enough to think that for even a second we have control over our lives.

Our lives slip through our fingers, but it's not serious. It's not that important . . .

The best thing would be to know it earlier.

When exactly "earlier"?

Earlier.

Before repainting the bedrooms in pink, for example . . .

Pierre is right, why show your weakness?

Just to be hurt?

My grandmother often said that good home cooking was the best way to keep a man. I'm certainly far from that, Grandma, far from that. First, I don't know how to cook, and then, I never wanted to keep anyone.

Well, then, you've succeeded, Granddaughter!

I pour myself a little cognac to celebrate.

One little tear and then bedtime.

The following day seemed very long.

    We went for a walk. We gave bread to the horses at the riding school and spent a lot of time with them. Marion sat on the back of a pony. Lucie didn't want to.

I felt as if I were carrying a very heavy backpack.

In the evening it was showtime. Lucky me—every night there's a show at my house. On this evening's program: "The Little Gurl Who Dident Wanna Leev." They took great pains to distract me.

I didn't sleep well.

The next morning, my heart wasn't in it. It was too cold.

. . .

The girls whined endlessly.

I tried to amuse them by pretending to be a prehistoric cavewoman.

"Now look, this is how the cavemen used to make their Nesquik . . . They put a pan of milk on the fire, yes, just like that . . . and to make toast? Simple as can be, they put a piece of bread on a grill and voilà, they held it over the flames . . . Careful! Not too long, or it will burn to a crisp. Okay, who wants to play cavewoman with me?"

They didn't care, they weren't hungry. All they cared about was their stupid television shows.

I burned myself. Marion started to cry when she heard me yell, and Lucie spilled her cocoa on the couch.

I sat down and put my head in my hands.

I dreamed of being able to unscrew my head, put it on the ground in front of me, and kick it hard enough to send it flying as far as possible.

So far that no one would ever find it again.

But I don't even know how to kick.

I wouldn't shoot straight, that's for sure.

At that moment, Pierre arrived.

He was sorry, explained that he couldn't get in touch earlier because the line was down, and shook a bag of warm croissants under the girls' noses.

They laughed. Marion took his hand and Lucie offered him a prehistoric coffee.

"A prehistoric coffee? With pleasure, my little Cro-Magnon beauty!"

I had tears in my eyes.

He placed a hand on my knee.

"Chloé . . . Are you all right?"

I wanted to tell him no, that I was not in the least bit all right, but I was so happy to see him that I answered the opposite.

"The bakery has lights, so it's not a local power outage. I'll go and find out what's happened . . . Girls, look outside, the weather is beautiful! Go get dressed—we're going mushroom hunting. With all the rain last night, we're going to find plenty!"

The "girls" included me . . . We climbed the stairs giggling.

How nice to be eight years old.

We walked all the way to the Devil's Mill, a sinister old building that has delighted several generations of small children.

Pierre told the girls stories about the holes in the walls:

"Here's where his horn struck . . . and there, those are the marks of his hooves . . ."

"Why did he kick the wall with his hooves?"

"Oh, that's a long story . . . It was because he was very cross that day."

"Why was he very cross that day?"

"Because his prisoner had escaped."

"Who was his prisoner?"

"The girl at the bakery."

"Madame Pécaut's daughter?"

"No, no, not her daughter! Her great-great-grandmother!"

"Really?"

I showed the girls how to have a miniature tea party with acorn caps. We found an empty bird's nest, pebbles, and pinecones. We picked cowslips and broke hazelnut branches. Lucie brought back moss for her dolls and Marion stayed on her grandfather's shoulders the whole time.

We brought back two mushrooms, both of them suspicious-looking!

On the way back, we heard a blackbird singing, and a little girl in a curious voice asked:

"But why did the devil capture the grandmother of Madame Pécaut?"

"Can't you guess?"

"No."

"Because he was very greedy, that's why!"

She thrashed at the underbrush with a stick to chase away the devil.

And what about me? I thought. What can I chase away with a stick?

. . .

"Chloé?"

"Yes."

"I want to tell you . . . I hope . . . Or rather, I'd like . . . Yes, that's it, I'd like . . . I'd like you to feel you're still welcome at the house because . . . I know how much you love it. You've done so many things here. In the bedrooms, the garden . . . Until you came, there was no garden, did you know that? Promise me that you'll come back. With or without the girls . . ."

I turned toward him.

"No, Pierre. You know very well that I can't."

"What about your rosebush? What is it called, anyway? That rosebush you planted last year?"

"Maiden's Blush."

"Yes, that's it. You loved it so . . ."

"No, it's the name I loved. Listen, this is hard enough as it is . . ."

"I'm sorry, I'm sorry."

"What about you? Can't you look after it?"

"Of course! Maiden's Blush, you say . . . How could I not?"

He was overdoing it a little.

On the way back, we ran into old Marcel, who was returning from the village. His bicycle was weaving dangerously across the road. How he managed to stop in front of us without falling off, I'll never know. He put Lucie on the seat and invited us for a quick drink.

Madame Marcel smothered the girls with kisses and planted them in front of the television with a bag of candies on their knees. "Mama, she has a satellite dish! Guess what! A channel with nothing but cartoons!"

Thank God.

Go to the ends of the earth, clamber over thickets, hedges, ditches, get a stuffy nose, cross old Marcel's courtyard, and watch Teletoons while eating strawberry-flavored marshmallows.

Sometimes, life is wonderful . . .

The storm, mad cow disease, Europe, hunting, the dead and the dying . . . At one point in the discussion, Pierre asked:

"Marcel, tell me, do you remember my brother?"

"Who, Paul? I should say I do, that little monkey . . . He drove me crazy with that little whistle of his. Made me believe there were all kinds of things to hunt! Made me think that there were birds we don't have in these parts! That little rascal! And the dogs went crazy! Oh, I remember him all right! Such a great kid . . . He often headed off into the forest with the priest. He wanted to see and know about everything . . . Oh là là . . . The questions that boy would ask! He always said he wanted to study so he could work in the forest. I remember how the father would answer, 'But my boy, you don't need to go to school! What could you learn that I couldn't teach you?' Paul didn't answer, he said he wanted to visit all the forests in the world, to see other countries, travel through Africa and Russia, and then come back here and tell us all about it."

Pierre listened to him, gently nodding his head to encourage the old man to keep talking.

Madame Marcel stood up. She returned and held out a sketchbook to us.

"Here's what little Paul—well, I call him little Paul, but he wasn't so little at the time—gave me one day to thank me for my acacia fritters. Look, that was my dog."

As she turned the pages, you could see the tricks of a little fox terrier who was no doubt spoiled to death and a real prankster.

"What was his name?" I asked.

"He didn't have a name, but we always called him

Where'd-He-Go, because he was always running off. That's how he died, actually . . . Oh . . . We just loved that dog . . . We just loved him . . . Too much, too much. This is the first time I've looked at these drawings in a long time. Normally, I try not to poke around in here, it's too many deaths at once . . ."

The drawings were marvelous. Where'd-He-Go was a brown fox terrier with long black whiskers and bushy eyebrows.

"He was shot . . . He was poaching from poachers, the little imbecile . . ."

I got up. We had to leave before it got completely dark.

. . .

"My brother died because of the rain. Because he was stationed out in the rain too long, can you imagine?"

I didn't answer; I was too busy watching my step, trying to avoid the puddles.

The girls went to bed without supper. Too much candy.

Babar left the Old Lady. She was alone. She cried. She asked herself, "When will I see my little Babar again?"

Pierre was also unhappy. He stayed in his study a long time, supposedly looking for his brother's drawings. I made dinner. Spaghetti with bits of Suzanne's homemade *gésiers confits*.

We had decided to leave the next day before noon. This was going to be the last time I would cook in this kitchen.

I really loved this kitchen. I tossed the pasta into boiling water, cursing myself for being so sentimental. *I really loved this kitchen . . .* Hey, get a hold of yourself, honey, you'll find other kitchens . . .

I bullied myself, even though my eyes were filled with tears. It was stupid.

He put a small watercolor on the table. A woman, reading, seen from behind.

She was sitting on a garden bench. Her head was slightly tilted. Perhaps she wasn't reading. Perhaps she was sleeping or daydreaming.

I recognized the house. The front steps, the rounded shutters, and the white wisteria.

"It's my mother."

"What was her name?"

"Alice."

I said nothing.

"It's for you."

I started to protest, but he made an angry face and put a finger to his lips. Pierre Dippel was someone who didn't like to be contradicted.

"You always have to be obeyed, don't you?"

He wasn't listening to me.

"Didn't anyone ever dare to contradict you?" I added, placing Paul's drawing on the mantelpiece.

"Not one person. My entire life."

I burned my tongue.

. . .

He pushed himself up from the table.

"Bah. What would you like to drink, Chloé?"

"Something that cheers you up."

. . .

He came back up from the cellar, cradling two bottles as if they were newborn babies.

"Château Chasse-Spleen . . . appropriately enough. Just exactly what we need. I took two, one for you and one for me."

"But you're crazy! You should wait for a better occasion . . ."

"A better occasion than what?"

He pulled his chair closer to the fire.

"Than . . . I don't know . . . than me . . . than us . . . than tonight."

He had his arms wrapped around himself to keep his spirits up.

"But Chloé, we're a great occasion. We're the best occasion in the world. I've been coming to this house since I was a boy, I've eaten thousands of meals in this kitchen, and believe me, I know a great occasion when I see one!"

There was a little self-important tone in his voice. What a shame.

. . .

He turned his back and stared at the fire, motionless.

"Chloé, I don't want you to go . . ."

I poured the noodles into the strainer and threw the towel in after them.

"Look, I'm sorry, but this is too much. You're talking nonsense. You're only thinking about yourself, and it's a bit tiresome. 'I don't want you to go.' How can you say something so stupid? It wasn't me who left, okay? You have a son, remember him? Well, he was the one who left. It was him, didn't you know? It's a good story. It goes like this—it's a killer. So, it was . . . When was it, anyway? Doesn't matter. The other day, Adrien, the wonderful Adrien, packed his bags. Try and put yourself in my place—I was shocked. Oh right, I forgot to mention, it turns out I'm this boy's wife. You know, a wife, that practical thing you drag around everywhere, and that smiles when you kiss it. So, I was a bit surprised, as you can imagine . . . there he was with our suitcases standing in front of the elevator, already groaning, looking at his watch. He was complaining because he was stressed out, the poor dear! The elevator, the suitcases, the missus, and the plane, what a dilemma! Oh, yes! It seems he couldn't miss his plane because his mistress was on board! You know, a mistress, that young impatient thing that gets on your nerves a little. No time for a scene, you're thinking . . . And then, domestic quarrels are so tiresome . . . You never learn that at the Dippels', do you? Yelling, making scenes, moodiness, all so vulgar, don't you think? That's it, vulgar. With the Dippels, it's 'never complain, never explain,' and then on to the next thing. Now that's class."

"Chloé, stop that at once!"

I was crying.

"Don't you hear yourself? Do you hear the way you talk to me? I'm not a dog, Pierre. I'm not your god-damned dog! I let him leave without ripping his eyes out, I quietly shut the door, and now I'm here, in front of you, in front of my children. I'm holding on. I'm just about holding on, do you understand? Do you under-stand what that means? Who heard me howl in despair? Who? So don't try to make me feel sorry for you now with your little problems. You don't want me to go . . . Oh, Pierre . . . I am unfortunately obliged to disobey you . . . It's with great regret . . . It's . . ."

He had grabbed hold of my wrists and was squeezing them as hard as he could. He held my arms immobile.

"Let me go! You're hurting me! This entire family is hurting me! Pierre, let me go."

He barely had time to loosen his grip before my head fell on his shoulder.

"You're all hurting me . . ."

. . .

I cried into his neck, forgetting how uncomfortable it must have made him. Pierre, who never touched anyone. I cried, thinking occasionally about how the spaghetti was going to be inedible if I didn't add some oil. He said, "Now, now . . ." He said, "Please forgive me." And he said, "I'm just as sad as you . . ." He didn't know what to do with his hands anymore.

Finally, he moved aside to lay the tablecloth.

"To you, Chloé."

I clinked my glass against his.

"Yes, to me," I repeated with a crooked smile.

"You're a wonderful girl."

"Yes, wonderful. And then there's dependable, courageous . . . What did I leave out?"

"Funny."

"Oh, right, I was forgetting. Funny."

"But unfair."

I said nothing.

"You are being a bit unfair, don't you think?"

Silence.

"You think that I only love myself?"

"Yes."

"Well, then, you're not only unfair, you're being stupid."

I held out my glass.

"Oh, that, I knew that already . . . Pour me some more of that marvelous nectar."

"You think that I'm an old bastard, don't you?"

"Yes."

I nodded my head. I wasn't being mean, I was unhappy. He sighed.

"Why am I an old bastard?"

"Because you don't love anyone. You never let yourself go. You're never there, never really with us. Never joining in our conversations and foolishness, never participating in dull dinner-table talk. Because you're never tender, because you never talk, and because your silence looks like disdain. Because—"

"Stop, stop. That will do, thanks."

"Excuse me, I was answering your question. You ask me why you're an old bastard, and I'm telling you. That being said, you're not as old as all that . . ."

"You're too kind."

"Don't mention it."

I grinned tenderly at him, baring my teeth.

"But if I'm the way you describe, why would I bring you here? Why would I spend so much time with you, and—"

"You know very well why."

"Why?"

"Because of your sense of honor. This high-mindedness of good families. For seven years I've tagged along after you, and this is the first time you've taken any notice of me. I'll tell you what I think. I don't find you either benevolent or charitable. I can see exactly what's going on. Your son has done something stupid and you—you come along behind, you clean up and repair the damage. You're going to plaster over the cracks as best you can. Because you don't like cracks, do you, Pierre? Oh, no! You don't like them one bit . . .

"Let me tell you something. I think you brought me here for the sake of appearances. The boy has messed up, well, let's grit our teeth and sort things out without making a fuss. In the past, you'd buy off the locals when the little shit's sports car made a mess of their beet fields, and today you're taking out the daughter-in-law. I'm just waiting for the moment when you put on your sorrowful act to tell me that I can count on you. Financially, I mean. *You're in a bit of a difficult spot, aren't you?* But a big girl like me is harder to buy off than a field of beets . . ."

He got up. "So yes . . . It's true. You are stupid. What a terrible thing to discover . . . Here, give me your plate."

He was behind my back.

"You can't imagine how much that hurts. More than

that, you've wounded me deeply. But I don't hold it against you—I blame it on the pain you are feeling . . ."

He set a steaming plate in front of me.

"But there is one thing you can't get away with saying, just one thing . . ."

"What's that?" I asked, lifting my gaze.

"Whatever you do, don't drag beets into this. You'd be hard-pressed to find a single beet field for miles around . . ."

He was smugly satisfied with himself.

"Mmm, this is good . . . You're going to miss my cooking, aren't you?"

"Your cooking, yes. As for the rest, thanks but no thanks . . . You've taken away my appetite . . ."

"Really?"

"No."

"You had me worried there!"

"It would take more than that to keep me away from this marvelous pasta . . ."

He dug into his plate and lifted up a forkful of sticky spaghetti.

"Mmm, how do they call this? *Al dente* . . ."

I laughed.

"I love it when you laugh."

• • •

For a long moment we didn't speak.

"Are you angry?"

"No, not angry. Confused, really . . ."

"I'm sorry."

"You see, I feel as if I'm facing something impenetrable. A sort of enormous knot . . ."

"I'd like—"

"Hold on, hold on. Let me speak. I have to sort it out now, it's very important. I don't know if you'll understand, but you must listen to me. I need to follow a thread, but which one? I don't know, I don't know how or where to begin. Oh God, it's so complicated . . . If I choose the wrong thread or pull too hard, it might tighten the knot even more. It might become so badly knotted that nothing could be done, and I'll leave you overwhelmed. You see, Chloé, my life, my whole life is like this closed fist. Here I am before you in this kitchen. I'm sixty-five years old. I'm not much to look at. I'm just an old bastard you were shaking a while ago. I have understood nothing, and I never went up to the sixth floor. I was afraid of my own shadow, and here I am, facing the idea of my own death and . . . No, please, don't interrupt me . . . Not now. Let me open this fist. Just a little bit."

I refilled our glasses.

"I'll start with what's most unfair, most cruel . . . That is, with you . . ."

He let himself fall back against the back of his chair.

. . .

"The first time I saw you, you were completely blue. I remember how impressed I was. I can still see you standing in
that doorway . . . Adrien was holding you up, and you held
out a hand that was completely stiff with cold. You couldn't
greet me, you couldn't speak, so I squeezed your arm in a
sign of welcome, and I can still see the white marks that my
fingers left on your wrist. Suzanne was panicking, but
Adrien told her, laughing, 'I've brought you a Smurfette!'
Then he took you upstairs and plunged you into a scalding-
hot bath. How long did you stay there? I don't remember;
I just remember Adrien repeating to his mother, 'Take it
easy, Mama, take it easy! As soon as she's cooked, we can
eat.' It's true, we were hungry. I was hungry, anyway. And
you know me, you know how old bastards are when they
get hungry . . . I was just about to say that we should start
eating without you, when you came in, with wet hair and
a shy smile, wearing one of Suzanne's old nightgowns.

"This time, your cheeks were red, red, red . . .

"During dinner, you told us that you had met in line
at the cinema, which was showing *Sunday in the Country,*
and that there were no more seats and that Adrien, the
show-off—it runs in the family—offered you a real Sunday in the country, standing in front of his motorcycle. It
was a take-it-or-leave-it offer, and you took it, which explained your advanced state of frostbite because you had
left Paris wearing only a T-shirt under your raincoat.

Adrien was eating you up with his eyes, which was difficult for him since you kept looking down at the table. I could see a dimple when he spoke about you, and we imagined that you would smile at us . . . I also remember those incredible sneakers you wore . . ."

"Yellow Converses, oh God!"

"Right. That's why you have no right to criticize the ones I bought for Lucie the other day . . . That reminds me, I have to tell her . . . 'Don't listen to her, sweetie; when I met your mother, she was wearing yellow sneakers with red laces . . .'"

"You even remember the laces?"

"I remember everything, Chloé, everything. The red laces, the book you read underneath the cherry tree while Adrien fixed his engine . . ."

"Which was what?"

"*The World According to Garp,* right?"

"Exactly right."

"I also remember how you volunteered to Suzanne to clear away the brush from the little stairway that led down to the old cellar. I remember the loving glances she threw you as she watched you wear yourself out over the thorns. You could read 'Daughter-in-law? Daughter-in-law?' in big, flashing neon lights in front of her eyes. I drove you to the Saint-Amand market, you bought goat's milk cheeses, and then we drank martinis in a café on the square. You read an article, about Andy Warhol I think, while Adrien and I played table soccer . . ."

"It's unbelievable, how is it possible that you can remember all that?"

"Uhh . . . I don't deserve much credit . . . It's one of the few things that we share . . ."

"You mean with Adrien?"

"Yes . . ."

"Yes."

I got up to get the cheese.

"No, no, don't change the plates, it's not worth it."

"Of course it is! I know how you hate to eat your cheese from the same plate."

"I hate that? Oh . . . It's true . . . Another thing old bastards do, right?"

"Ummm . . . Yes, that's right."

He grimaced as he held out his plate.

"The hell with you."

A dimple showed.

"Of course, I also remember your wedding day . . . You took my arm and you were so beautiful. You played with your hair. We were crossing that same square at Saint-Amand when you whispered in my ear: 'You should kidnap me; I'd throw these horrible shoes out the window of

your car and we'd go to Chez Yvette and eat seafood . . .'
Your little joke made my head spin. I tightened my
gloves. Here, serve yourself first . . ."

"No, no, you first."

"What else can I tell you? I remember one day, we had
arranged to meet in the café downstairs from my office so
I could take back a ladle or some other such thing that
Suzanne had loaned you. I must have seemed disagreeable
to you that day, I was in a hurry, preoccupied . . . I left
before you had finished your tea. I asked you questions
about your job and probably didn't pay attention to the
answers. That night at dinner, when Suzanne asked me,
'What's new?' without really believing it, I answered,
'Chloé is pregnant.' 'She told you?' 'No, and I'm not sure
that she knows it herself.' Suzanne shrugged her shoulders and rolled her eyes, but I was right. A few weeks
later, you told us the good news . . ."

"How did you guess?"

"I don't know . . . It seemed to me that your com-
plexion had changed, that your fatigue was caused by
something else . . ."

I said nothing.

"I could go on and on like this. You see, you're not being fair—what were you just saying? That all this time, all
these years, I never took an interest in you. Oh, Chloé, I
hope you feel ashamed of yourself."

Jokingly, he gave me a stern look.

"On the other hand, I am egotistical, you're right there. I told you I don't want you to go because I don't want you to go. I'm thinking of myself. You are closer to me than my own daughter. My daughter would never tell me that I'm an old bastard, she would just think to herself that I'm an idiot, period!"

He got up to get the salt.

"Hey now . . . what's the matter?"

"Nothing. It's nothing."

"Yes, it is. You're crying."

"No, I'm not crying. Look, I'm not crying."

"Yes, you are. You're crying! Do you want a glass of water?"

"Yes."

"Oh, Chloé . . . I don't want you to cry. It makes me unhappy."

"There, you see! It's about you! You're just impossible . . ."

I tried for a playful tone, but bubbles of mucus came out of my nose. It was pitiful.

I laughed. I cried. This wine wasn't cheering me up at all.

"I should never have talked to you about all that . . ."

"No, it's okay. They're my memories, too . . . I just have to get used to all this. It might be hard for you to understand, but this is totally new for me. Two weeks ago, I was still your garden-variety wife and mother. I flipped through my organizer on the Métro, planning dinner parties, and I filed my nails while thinking about vacation. I asked myself, 'Should we take the girls, or go away just the two of us?' That kind of thing . . .

"I also said to myself, 'We should find another apartment; this one is nice, but it's too dark . . .' I was waiting for Adrien to feel better, because I could see that he hadn't been himself recently . . . Irritable, touchy, tired . . . I was worried about him; I thought, 'They're killing him at work, what's with the impossible hours?' "

He turned to face the fire.

"Garden variety, but not very sharp, right? I waited to have dinner with him. I waited for hours. Sometimes I even fell asleep waiting for him . . . He would finally come home, wearing a long face, with his tail between his legs. I would yawn and stretch and guide him to the kitchen, bustling about. He wasn't hungry, of course, he had the decency to not have any appetite. Or maybe they had already eaten? Most likely . . .

"It must have been hell for him to sit across from me! What a trial I must have been with my cheerful nature and my serialized novels about the goings-on of Firmin-Gédon Square. How terrible, when I think of it . . . Lucie lost a tooth, my mother's not doing well, the Polish au pair girl who looks after little Arthur is going out with the neighbor's son, I finished my sculpture this morning, Marion cut her hair and it looks terrible, the teacher needs boxes of eggs, you look tired, take a day off, give me your hand, do you want some more spinach? Terrible, really . . . a form of torture for an unfaithful but scrupulous husband. What torture . . . But I didn't suspect a thing. I didn't see it coming, do you understand? How could I have been so blind? How? Either I was completely stupid or completely trusting. It amounts to the same thing, really . . ."

I leaned my chair back.

"Oh, Pierre . . . What a bad joke this life is . . ."

"It's good, isn't it?"

"Very. Too bad it doesn't keep any of its promises . . ."

"It's the first time I've drunk it."

"Me too."

"It's like your rosebush; I bought it for the label . . ."

"Mm. What a joke . . . What stupidity."

"But you're still young . . ."

"No, I'm old, I feel old. I'm all used up. I feel like I'm going to become wary. I'll watch my life through a peephole. I won't open the door. 'Step back. Let me see your hands. That's good, now the other. Don't scuff the parquet. Stay in the hallway. Don't move.'"

"No, you'll never become that kind of woman. As much as you might want to, you can't. People will keep walking into your life, you will continue to suffer and it's better that way. I'm not worried about you."

"No, of course not."

"What do you mean?"

"Of course you're not worried about me. You don't worry about people, ever . . ."

"That's true, you're right. It's hard for me to care."

"Why?"

"I don't know. Because other people don't interest me, I suppose . . ."

". . . except Adrien."

"What do you mean, Adrien?"

"I think about him."

"You worry about Adrien?"

"Yes, I think so . . . Yes.

"At any rate, he's the one I worry about the most."

"Why?"

"Because he's unhappy."

I was completely taken aback.

"Well, now I've heard everything! He's not unhappy at all . . . On the contrary, he's very happy! He's traded in his boring, used wife for a brand-new, amusing model. His life is a lot more fun today, you know."

I looked at my wrist.

"Let's see, what time is it? A quarter to ten. Where is

our martyr now? Where could he be? At the movies, or the theater perhaps? Or maybe they're having dinner somewhere. They must have finished their appetizers by now . . . He caresses her palm while dreaming about later. Careful, here comes the main course, she pulls her hand back and gives him a smile. Or perhaps they're in bed . . . That's most likely, isn't it? In the beginning one makes love a lot, if I remember correctly . . ."

"You're being cynical."

"I'm protecting myself."

"Whatever he's doing, he's unhappy."

"Because of me, you mean? I'm spoiling his fun? Oh, that ungrateful woman . . ."

"No. Not because of you, because of him. Because of this life, which never does what you want it to. Our efforts are so laughable . . ."

"You're right, the poor thing . . ."

"You're not listening to me."

"No."

"Why aren't you listening to me?"

I bit into a piece of bread.

"Because you're a bulldozer, you flatten everything in your path . . . For you, my sorrow is . . . what? . . . a burden, and soon it will start to get on your nerves. And then this thing about blood ties . . . This stupid notion . . . You didn't give a damn about taking your children in your arms, about telling them that you loved them even once, but despite this, I know that you'll always leap to their defense. No matter what they say or do, they will always be right in contrast to the barbarians that we are— the ones who don't have the same name as you.

"Your children haven't given you a whole lot of reasons to be happy, but you're the only one who can criticize them. The only one! Adrien takes off and leaves me here with the girls. All right, that bothers you, but I've given up hope of hearing you speak a few harsh words against him. A few harsh words . . . it wouldn't change anything, but it would give me a bit of pleasure. So much pleasure, if you only knew . . . Yes, it's hopeless. I'm hopeless. But just a couple of heartfelt words, really bitter words, the ones you know so well how to say . . . Why not for him? I deserve that, after all. I'm waiting for the condemnation of the patriarch seated at the head of the table. All these years I've listened to you divide up the world. The good and the bad, those who have earned your respect and those who haven't. All these years I've run up against your speeches, your authority, your commander-in-chief expressions, your silences . . . So much arrogance. So much arrogance . . . While all along being a pain in the ass, Pierre . . .

"You see, I'm not that complicated a person and I need to hear you say, 'My son is a bastard, and I ask for your forgiveness.' I need that, you understand?"

"Don't count on it."

I cleared the plates.

"I wouldn't count on it."

"Would you like dessert?"

"No."

"You don't want anything?"

"So it's ruined . . . I must have pulled on the wrong thread . . ."

I wasn't listening anymore.

"The knot is tightened, and here we are, further apart than ever. So I'm an old bastard . . . A monster . . . And what else?"

I was looking for the sponge.

"And what else?"

I looked him right in the eyes.

"Listen to me, Pierre; for years I lived with a man who couldn't stand up straight because his father hadn't supported him correctly. When I met Adrien, he didn't dare do anything for fear of disappointing you. And everything he did disappointed me because he never did it for himself, he did it for you. To amaze you or to irritate you. To provoke you or to please you. It was pathetic. I was barely twenty years old and I gave up my life for him. To listen to him and stroke his neck when he finally opened up. I don't regret it, I couldn't do anything else, anyway. It made me sick to see someone abase himself like that. We spent whole nights unraveling things and putting them in perspective. I gave him a shaking-up. I told him a thousand times that he was taking the easy way out. The easy way out! We made resolutions and then we broke them, we made others, and then finally I quit my studies so that he could pick his up again. I rolled up my sleeves and for three years I dropped him off at the university before going off to waste time in the basement of the Louvre. It was our deal: I wouldn't complain as long as he didn't talk about you. I'm not special. I never said he was the best. I just loved him. Loved. Him. Do you know what I'm talking about?"

He said nothing.

"So, you can see why I'm a little unhappy today . . ."

I wiped the sponge around his hands that were placed on the table.

"He got his confidence back; the prodigal son is a new man. He can sail his boat like a big boy, and here he is, discarding his old self, right under the nose of his big, bad father. You have to admit, it's a little rough, no?"

Silence.

"You have nothing to say?"

"No. I'm going to bed."

I set the machine going.

"That's it, good night."

· · ·

I bit my cheeks.

I kept some dreadful things to myself.

I took my glass and went to sit on the couch. I took off my shoes and sank into the cushions. I got up to get the bottle from the table. I poked the fire, turned out the light, and buried myself there.

I regretted not being drunk yet.

I regretted being there.

I regretted . . . I regretted so many things.

So many things . . .

I laid my head on the armrest and closed my eyes.

"Are you asleep?"
   "No."

He went to pour himself a glass of wine and sat down in an armchair next to the sofa.

The wind continued to blow. We sat in the dark. We watched the fire.
   From time to time, one of us took a drink and then the other followed suit.
   We were neither happy nor sad. We were tired.

After a very long moment he said:
   "You know, I wouldn't be the person you said I was if I had had more courage . . ."
   "I'm sorry?"

I already regretted having answered him. I didn't want to talk about this shit anymore. I just wanted to be left in peace.

"Everyone always talks about the sorrow of those left behind, but did you ever consider the sorrow of the ones who leave?"

Here we go again, I thought to myself, what kind of crazy idea is he going to try and put over on me now, the old fool?

I looked around for my shoes.

"We'll talk about it tomorrow, Pierre, I'm going . . . I'm fed up."

"The sorrow of those who cause unhappiness . . . We pity the ones who stay, we comfort them, but what about those who leave?"

"What else do they want?" I exploded. "A medal? Words of encouragement?"

He wasn't listening to me.

"The courage of those who look in the mirror one morning and say to themselves: 'Do I have the right to make a mistake?' Just those few words . . . The courage to look their lives in the face and see nothing settled or harmonious there. The courage to destroy everything, to smash it out of . . . out of selfishness? Out of pure selfishness? No, not that . . . So what is it? Survival instinct? Lucidity? Fear of death?

"The courage to confront yourself just once in your life. Confront yourself. By yourself. Finally.

"'The right to make a mistake,' it's just a little sentence, one tiny little phrase, but who gives you that right?

"Who, if not yourself?"

His hands were trembling.

"I never gave it to myself . . . I never gave myself any right. Only duty. And look what I've become: an old bastard. An old bastard in the eyes of one of the precious few people for whom I have a bit of respect. What a fiasco . . .

"I've made lots of enemies. I'm not bragging, and I'm not complaining either. I just don't give a damn. But friends, those I wanted to please? There are so few, so few . . . and you're one of them. You, Chloé, because you have such a gift for life. You grab hold of it with both hands. You move, you dance, you know how to make the rain and the sunshine in a home. You have this incredible gift for making the people around you happy. You're so at ease, so at ease on this little planet . . ."

"I have the feeling we're not talking about the same person . . ."

He hadn't heard me.

He sat straight in his chair. He had stopped speaking.

He hadn't crossed his legs, and his glass rested between his thighs.

I couldn't see his face.

His face was in the shadow of the armchair.

"I loved a woman . . . I'm not talking about Suzanne, I'm talking about another woman."

I opened my eyes.

"I loved her more than anything. More than anything . . . I didn't know that someone could love that much. Or me, at any rate, I thought that I wasn't . . . *programmed* to love like that . . . Declarations, insomnia, the ravages of passion, all that was for other people. Besides, just the word 'passion' made me snicker. Passion, passion! I filed that somewhere between 'hypnosis' and 'superstition' . . . The way I said it, it was practically a four-letter word. And then, it hit me at the moment when I least expected it. I . . . I loved a woman.

"I fell in love like you catch a cold. Without wanting to, without believing in it, against my will and with no way to defend myself, and then . . ."

He cleared his throat.

"And then I lost her. In the same way."

• • •

I couldn't move. An anvil had just fallen on my head.

"Her name was Mathilde. Her name is still Mathilde, by the way. Mathilde Courbet. Like the painter . . .

"I was forty-two years old and I thought I was already old. I've always thought I was old. It's Paul who was young. Paul will always be young and handsome.

"I'm Pierre. Pierre the plodder, Pierre the hard worker.

"When I was ten years old, I already had the face I have today. The same haircut, the same glasses, the same gestures, the same little tics. At ten, I probably already changed my plate for the cheese course . . ."

In the dark, I smiled at him.

"Forty-two years old . . . What can you expect from life at forty-two?

"Me, nothing. I expected nothing. I worked. More and more and always more. It was like camouflage for me, my armor and my alibi. My alibi for not living. Because I didn't like living all that much. I thought I didn't have a gift for it.

"I invented hardships for myself, mountains to climb. Very high ones, very steep. Then I rolled up my sleeves, climbed them, and then invented others. And yet, I wasn't ambitious, I just had no imagination."

He took a sip of wine.

. . .

"I . . . I didn't know anything about this, you know . . . It was Mathilde who taught me. Oh, Chloé . . . How I loved her . . . How I loved her . . . Are you still there?"

"Yes."

"Are you listening to me?"

"Yes."

"Am I boring you?"

"No."

"Are you going to fall asleep?"

"No."

He got up and put another log on the fire. He stayed crouched in front of the fireplace.

"You know what she complained about? That I was too talkative. Can you believe that? Me . . . too talkative! Incredible, isn't it? But it was true . . . I put my head on her stomach and I talked. I talked for hours, for whole days, even. I heard the sound of my voice grow deep beneath her skin and I loved it. I was a word machine . . . I made her head spin. I inundated her with words. She laughed. She told me, '*Shhh, don't talk so much,* I can't listen to you anymore. Why do you go on like that?'

"I had forty-two years of silence to catch up on. Forty-two years of not speaking, of keeping everything to myself. What did you say a while ago? That my silence looks like disdain, wasn't that it? That hurt, but I can understand, I understand why people criticize me. I understand, but I have no interest in defending myself. That's the problem, really . . . But disdain, I don't think so. As strange as it may seem, my silence is more like shyness. I don't like myself enough to attach the least importance to what I say. Think twice, speak once, as the old saying goes. I always think one too many times. People find me pretty discouraging . . . I didn't like myself before Mathilde and I like myself even less since. I suppose I'm hard because of that . . ."

He sat back down.

"I'm tough at work, but that's just because I'm playing a role, you see? I have to be tough, I have to make them think I'm a tyrant. Can you imagine if they discovered my secret? If they figured out that I'm shy? That I have to work three times harder than the others for the same result? That I have a bad memory? That I'm slow to understand? If they knew that, they'd eat me alive!

"Plus, I don't know how to make myself liked . . . I have no charisma, as they say. If I give someone a raise, I do it in a curt voice; when someone thanks me, I don't answer. When I want to do something nice for someone, I stop myself, and if I have good news to announce, I let my secretary Françoise do it. When it comes to management, or human resources as they say, I'm a disaster, a complete disaster.

"It was Françoise who signed me up against my will for a sort of training course for lousy bosses. What a lot of nonsense . . . Shut up for two days at the Concorde Lafayette Hotel at Porte Maillot, being force-fed popular drivel by a shrink and an overexcited American. He sold his book at the end. *Work, Love, and Be the Best* was the title. My God, what a joke, now that I look back on it . . .

"At the end of the course, as I recall, they handed out diplomas for kind, understanding bosses. I gave it to Françoise, who pinned it up in the closet where we keep the cleaning products and toilet paper.

"'How was it?' she asked me.

"'It was distressing.'

"She smiled.

"'Listen, Françoise,' I told her, 'you're like the Almighty around here. Tell anyone who's interested that I'm not nice, but that they'll never lose their job because I'm very good at making the numbers work.'

"'Amen,' she murmured, bowing her head.

"And it was true. In twenty-five years of being a tyrant, I never had a strike and I never laid anyone off. Even when things were so bad in the early '90s, I never laid off a soul. Not one, do you understand?"

"And Suzanne?"

He was silent.

"Why are you so hard with her?"

"You think I'm hard?"

"Yes."

"Hard in what way?"

"Hard."

He rested his head on the armchair again.

"When Suzanne figured out that I had been unfaithful to her, it had already been over for a long time. I had . . . I'll tell you that later . . . In those years, we lived on Rue de la Convention. I didn't like the apartment. I didn't like the way she had decorated it. It was suffocating: too much furniture, too many knickknacks, too many photos of us, too much of everything. I'm telling you this, but it's not important. I went back to that apartment to sleep and because my family lived there, period. One evening, she asked me to take her out to dinner. We went to a place just down the street, a horrible pizzeria. The neon lights made her look awful, and since she was already wearing the face of an outraged wife, they didn't help any. It was cruel, but I hadn't done it on purpose, you see. I opened the door of the first cheap place I saw . . . I knew what was coming, and I had no desire to be far from my bed. And, as it turns out, it didn't take her long to get started. She had barely laid down the menu when she broke down sobbing.

"She knew everything. That it was a younger woman. She knew how long it had lasted and understood why I was always away from home now. She couldn't take it any longer. I was a monster. Did she deserve this much

contempt? Did she deserve to be treated this way? Like a
scullery maid? At first, she had looked the other way. She
suspected something, but she trusted me. She thought it
was just one of those things, a thrill, the need to seduce.
Something to bolster my virility. And then there was my
job. My work, so exhausting, so hard. And she—she had
been occupied with setting up the new house. She
couldn't manage everything at once. She couldn't fight
every fire! She had trusted me! And then I had fallen ill
and she had looked the other way. But now, now she
couldn't take it anymore. No, she couldn't take me anymore. My egotism, my contempt, the way in which—At
that exact moment, the waiter interrupted her and, within
a split second, she had switched masks. With a smile, she
asked him a question about the tortellini something-or-
other. I was fascinated. When he turned to me, I managed
to stammer out, 'The . . . the same as Madame.' I hadn't
given the damn menu a single thought, you see. Not for
a second . . .''

"That was when I took the full measure of Suzanne's
strength. Her immense strength. She's like a steamroller.
That was when I knew that she was by far the sturdier of
the two of us, and that nothing could really touch her. In
fact, all of this was about her personal timetable. She was
taking me to task because her beach house was finally finished. The last picture had been hung, the last curtain rod

put up, and she finally turned in my direction and had been horrified by what she had discovered.

"I barely said a word, I defended myself half-heartedly. As I told you, I had already lost Mathilde by that point . . ."

"I looked across the table at my wife getting upset in a miserable pizzeria in the fifteenth arrondissement in Paris, and I turned off the sound."

"She gesticulated, let big tears roll down her cheeks, blew her nose, and wiped her plate with a piece of bread. All the while, I twirled two or three strands of spaghetti around my fork without ever managing to raise them to my mouth. I also wanted very much to cry, but I stopped myself . . ."

"Why did you stop yourself?"

"A question of education, I suppose . . . And I still felt so fragile . . . I couldn't take the risk of letting myself go. Not there. Not then. Not with her. Not in that awful place. I was . . . How shall I say . . . barely in one piece.

"Then she told me that she had gone to see a lawyer to start divorce proceedings. Suddenly I started paying attention. A lawyer? Suzanne was asking for a divorce? I never imagined that things had gone that far, that she had been hurt that much . . . She went to see a woman, the sister-in-law of one of her friends. She had hesitated but on the way back from a weekend here, she had made up her mind. She had decided in the car, when I hadn't spoken to her once except to ask if she had change for the tollbooth. She had invented a sort of conjugal Russian roulette: if Pierre speaks to me, I'll stay; if he doesn't, I'll divorce him.

"I was disconcerted. I never thought she was the gambling type.

"She pulled herself together and looked at me more self-confidently. Of course, she wanted to lay it all out. My trips, ever longer and more frequent, my lack of interest in family life, my neglected children, the report cards I never signed. All the lost years she had spent organizing everything around me. For my well-being, for the company. The company that belonged to her family, to her, incidentally, the sacrifices she had made. How she had cared for my poor mother right up until the end. Everything really, everything she needed to say, plus everything that lawyers like to hear in order to put a price tag on the whole mess.

"But with that, I felt back to my old self. We were now on familiar territory. What did she want? Money? How much? If she had given me a figure, I would have had my checkbook on the table.

"But no, she had my number, did I think I could get out of it that easily? I was so pathetic . . . She started to cry again between bites of tiramisu. Why couldn't I understand anything? Life wasn't just about power struggles. Money couldn't buy everything. Or buy everything back. Was I going to pretend that I didn't understand anything? Didn't I have a heart? I was really pathetic. Pathetic . . .

"'But why don't you ask for a divorce?' I finally blurted out, exasperated, 'I'll take all the blame. All of it, you hear? Even how awful my mother was, I'll be glad to sign something and acknowledge it if that would make you happy, but please don't drag the lawyers into it, I beg you. Tell me how much you want instead.'

"I had cut her to the quick.

"She lifted her head and looked me in the eye. It was the first time in years that we had looked at each other that long. I searched for something else in her face. Our youth, perhaps . . . A time when I didn't make her cry. When I didn't make any woman cry, and when the very idea of sitting at a table and hashing out one's love life seemed inconceivable.

"But there was nothing there, only the slightly sad expression of a defeated spouse who was about to make a confession. She hadn't gone back to see the lawyer because she didn't have the heart. She loved her life, her house, her children, her neighborhood shops . . . She was ashamed to admit it, and yet it was true: she didn't have the courage to leave me.

"The courage.

"I could run after women if that pleased me, I could have affairs if that was reassuring, but she—she wasn't leaving. She didn't want to lose what she had. Her social standing. Our friends, our relations, our children's friends. And then there was her brand-new house, where we hadn't even spent one night . . . It was a risk she didn't want to take. After all, what good would it do? There were men who had cheated on their wives . . . Lots of them, even . . . She had finally told her story and had been disappointed by how banal it was. That's just how things were. The fault lay in what hangs between our legs. She just had to grin and bear it, let the storm pass. She had taken the first step, but the idea of no longer being Mrs. Pierre Dippel had drained her of her courage. That was how it was, and too bad for her. Without the children, without me, she wasn't worth much.

"I offered her my handkerchief. 'It's all right,' she added, forcing herself to smile. 'It's all right . . . I'm staying with you because I couldn't think of a better idea. For once, I was badly organized. Me, the one who always anticipates everything. I . . . It was too much for me, I guess.' She smiled through her tears.

"I patted her hand. It was finished. I was here. I wasn't with anyone else. No one. It was over. It was over . . ."

"Over coffee we chatted about the owner's mustache and how awful the décor was.

"Two old friends covered with scars.

"We had lifted up a huge rock and had let it fall back immediately.

"It was too awful to look at what was crawling underneath."

. . .

"That night, in the darkness, I took Suzanne chastely in my arms. I couldn't do any more than that.

"For me, it was another sleepless night. Her confession, instead of reassuring me, had left me completely shaken. I should mention that I felt terrible at the time. Terrible, really terrible. Everything rubbed me the wrong way. I found myself in a completely depressing situation: I had lost the woman I loved and had just learned that I had hurt the other one. What a scene . . . I had lost the love of my life to stay with a woman who would never leave me because of her cheese shop and her butcher. It was impossible, everything was destroyed. Neither Mathilde nor Suzanne had deserved that. I had ruined everything. I had never felt so miserable in all my life . . .

"The medications I was taking didn't make things any easier, that's for certain, but if I had had more courage, I would have hung myself that night."

He tipped his head back to drain his glass.

"And Suzanne? She's not unhappy with you . . ."

"Oh, you think so? How can you say something like that? Did she say that she was happy?"

"No. Not like that. She didn't say it, but she gave me to understand . . . Anyway, she's not the type of woman to stop for a moment to ask if she is happy . . ."

"You're right, she isn't the type . . . That's where her strength lies, by the way. You know, if I was so miserable that night, it was really on account of her. When I see what she has turned into . . . So bourgeois, so conventional . . . If you could have seen what a little number she was when I met her . . . I'm not happy with what I did, really, it's nothing to be proud of. I suffocated her. I wilted her. For me, she was always the one who was there. Within reach. Close to hand. On the end of the phone. With the children. In the kitchen. A sort of vestal who spent the money that I earned and made our little world go around comfortably and without complaining. I never looked any further than the end of my nose.

"Which of her secrets had I found out? None. Did I ask her about herself, about her childhood, her memories, her regrets, her weariness, our physical relations, her faded hopes, her dreams? No. Never. Nothing. I wasn't interested."

"Don't take it too much to heart, Pierre. You can't carry all the blame. Self-flagellation has its charms, but still . . . You don't make a very convincing Saint Sebastian, you know . . ."

"I like that, you don't let me get away with anything. You're the one who keeps me straight . . . That's why I hate to lose you. Who's going to take a shot at me when you're no longer here?"

"We'll have lunch together every once in a while . . ."

"Promise?"

"Yes."

"You say that but you'll never do it, I know . . ."

"We'll make a ritual out of it, the first Friday of the month, for example . . ."

"Why Friday?"

"Because I love a good fish dish! You'll take me to good restaurants, right?"

"The best!"

"All right, now I'm reassured . . . But it won't be for a long time . . ."

"A long time?"

"Yes."

"How long?"

I said nothing.

"Fine. I can wait."

I poked at a log.

"To come back to Suzanne . . . Her bourgeois side, as you say. You had nothing to do with it, and it's a good thing. There are some things that are all hers without any of your help. It's like those English products that proclaim 'By appointment to Her Majesty the Queen.' Suzanne became who she is without any need for your 'appointment.' You can be annoying, but you're not all-powerful! That Lady Bountiful routine of hers, chasing after sales and recipes, she didn't need you to create that whole show for her. It comes naturally, as they say. It's in her blood, that *I dust, I remark, I judge, and I forgive* side of her. It's exhausting; it exhausts me, anyway—the parceling out of her good deeds, and God knows she has plenty of good deeds, right?"

"Yes. God knows . . . Would you like something to drink?"

"No, thanks."

"Some herbal tea, perhaps?"

"No, no. I'm fine getting slowly drunk . . ."

"All right then, I'll leave you in peace."

"Pierre?"

"Yes?"

"I can't get over it."

"Over what?"

"What you've just told me . . ."

"I can't either."

"And Adrien?"

"What about him?"

"Will you tell him?"

"What would I tell him?"

"Well . . . all of that . . ."

"Adrien came to see me, believe it or not."

"When?"

"Last week, and . . . I didn't tell him about it. I mean, I didn't talk about myself, but I listened . . ."

"What did he tell you?"

"What I told you, what I already knew . . . That he was unhappy, that he didn't know where he was going anymore . . ."

"He came to confide in you?!"

"Yes."

I began to cry again.

"Does that surprise you?"

I shook my head.

"I feel betrayed. Even you . . . You . . . I hate that. I would never do that to someone, I—"

"Calm down. You're mixing everything up. Who said anything about betrayal? Where is the treason? He showed up without warning, and as soon as I saw him I suggested that we go out. I switched off my cell phone and we went down to the parking garage. As soon as I started up the car, he said to me, 'I'm going to leave Chloé.' I remained calm. We drove up into the open air. I didn't want to ask questions, I waited for him to speak . . . Always this problem of which thread to pull . . . I didn't want to rush things. I didn't know what to do. I was a bit shaken up, to tell you the truth. I turned on to the Paris ring road and opened the ashtray."

"And then?" I added.

"And then nothing. He's married, he has two children. He had thought it over. He thought that it was worth—"

"Shut up, please shut up . . . I know the rest."

I got up to get the roll of paper towels.

"You must be proud of him, eh? It's great what he did, right? There's a man for you! What courage. What sweet revenge—he really got you there! What sweet revenge . . ."

"Don't use that tone of voice."

"I'll use any tone I want, and I'm going to tell you what I think . . . You're even worse than he is. You, you ruined everything. Oh yes, beneath your high-minded attitude, you've ruined everything and you're using him, using his sleeping around to comfort yourself. I think that's pathetic. You make me sick, both of you."

"You're talking nonsense. You know that, don't you? You know that you're talking nonsense?"

He spoke to me very gently.

"If it was just a question of sleeping around, like you say, we wouldn't be here, and you know it . . .

"Chloé, talk to me."

"I'm a royal bitch . . . No, don't contradict me for once. It would make me very happy for you to not contradict me."

"Can I make a confession? A very difficult confession?"

"Go ahead, given the state I'm in . . ."

"I think that it's a good thing."

"That what's a good thing?"

"What's happened to you . . ."

"Becoming a royal bitch?"

"No, that Adrien left. I think that you deserve better . . . Better than this forced happiness . . . Better than filing your nails in the Métro while flipping through your organizer, better than Firmin-Gédon Square, better than what the two of you had become. It's shocking that I'm telling you this, isn't it? And what business is it of mine, anyway? It's shocking, but too bad. I'm not going to pretend, I care about you too much. I don't think that Adrien was up to your level. He was a little out of his league with you. That's what I think . . .

"I know, it's shocking because he's my son and I shouldn't talk about him that way. But there you are, I'm an old bastard and I don't give a damn about appearances. I'm telling you this because I believe in you. You . . . You weren't really properly loved. And if you could be as honest as I am right this minute, you'd act offended, but you'd think exactly the same thing."

"You're talking nonsense."

"And there you are. That little offended air of yours . . ."

"So now you're a psychoanalyst?"

"Haven't you ever heard that little voice inside that pokes you from time to time, to remind you that you weren't really properly loved?"

"No."

"No?"

"No."

"All right. I guess I'm wrong . . ."

He leaned forward, pressing on his knees.

"I think that someday you should get out of there."

"Out of where?"

"The basement."

"You've really got an opinion about everything, don't you?"

"No. Not about everything. Why are you slaving away in the basement of a museum when you know what you're capable of? It's a waste of time. What is it you do? Copies? Plaster casts? You're tinkering. Who cares? And how long are you going to do it? Until you retire? Don't tell me you're happy in that hellhole stuffed with civil servants . . ."

"No, no," I said ironically, "I would never say that, rest assured."

"If I was your lover, I would grab you by the nape of your neck and drag you back up into the light. You're really talented with your hands and you know it. Accept it. Accept your gifts. Take responsibility. I would sit you down somewhere and tell you, 'It's up to you now. It's your move, Chloé. Show us what you're made of.'"

"And what if I don't have anything?"

"Well, it would be the moment to find out. And stop biting your lip, it's not becoming."

"Why is it you have so many good ideas for other people and so few for yourself?"

"I've already answered that question."

"What is it?"

"I thought I heard Marion crying."

"I didn't h—"

"Shhh."

"It's okay, she went back to sleep."

I sat back down and pulled the blanket over me.

"Shall I go see?"

"No, no. Let's wait a little."

"And what do you think I deserve, Mr. Know-It-All?"

"You deserve to be treated like what you are."

"Which is . . . ?"

"Like a princess. A modern princess."

"Pfff . . . That's ridiculous."

"Yes, I'm prepared to say anything. Anything if that makes you smile . . . Smile for me, Chloé."

"You're crazy."

He got up.

"Ah . . . that's perfect! I like that better. You starting to say fewer stupid things . . . Yes, I am crazy, and you know what I say? I'm crazy and I'm hungry. What could I eat for dessert?"

"Look in the fridge. You'll have to finish the girls' yogurts . . ."

"Where are they?"

"Down on the bottom."
"Those little pink things?"
"Yes."

"It's not so bad . . ."
He licked his spoon.
"Do you see what they're called?"
"No."
"Look, it fits you perfectly."
"*Little Rascals* . . . That's clever."

. . .

"We should probably get to bed, don't you think?"
"Yes."
"Are you sleepy?"
I was upset.
"How can you expect me to sleep with everything that's been churned up? I feel like I'm stirring a huge cauldron . . ."
"I untie knots while you stir your cauldron. It's funny, the images we use . . ."
"You the mathematician and me the grandma."
"The grandma? Rubbish. My princess a grandma . . . The number of ridiculous things you've said tonight."
"You're a pain in the neck, aren't you?"
"Very much so."

"Why?"

"I don't know. Perhaps because I say what I think. It's not all that common . . . I'm no longer afraid of not being liked."

"What about by me?"

"Oh, you; you like me, I'm not worried about that!"

"Pierre?"

"Yes?"

"What happened with Mathilde?"

He looked at me. He opened his mouth and closed it again. He crossed and uncrossed his legs. He got up. He poked the fire and stirred the embers. He lowered his head and murmured:

"Nothing. Nothing happened. Or very little. So few days, so few hours . . . Almost nothing, really."

"You don't want to talk about it?"

"I don't know."

"You never saw her again?"

"Yes, once. A few years ago. In the gardens of the Palais-Royal . . ."

"And then?"

"And then nothing."

"How did you meet her?"

"You know . . . if I start, I don't know when I'll stop."

"I told you I wasn't sleepy."

He began to examine Paul's drawing. The words didn't come easily.

. . .

"When was it?"

"It was . . . I saw her for the first time on June 8, 1978, in Hong Kong at about eleven o'clock, local time. We met on the nineteenth floor of the Hyatt Tower in the office of a Mr. Singh, who needed me to drill somewhere in Taiwan. You find this funny?"

"Yes, because it's so precise. She worked with you?"

"She was my translator."

"From Chinese?"

"No, from English."

"But you speak English, don't you?"

"Not well. Not well enough to handle this type of thing; it was too subtle. When you get to that level, it's no longer language, it's like magic tricks. You miss one innuendo and you're out of your depth. What's more, I didn't know the exact terms to translate the technical jargon we were using that day, and to top it off, I could never get used to the Chinese accent. I feel like I hear 'ting ting' at the end of every word. Not to mention the words that I don't even understand."

"And so?"

"And so I was confused. I had expected to be working with an old Englishman, a local translator with whom Françoise had flirted on the phone, 'You'll see, he's a real gentleman . . .'

"My foot! There I was, under pressure, jet-lagged,

anxious, tied up in knots, shaking like a leaf, and not an Englishman in sight. It was a huge deal, enough to keep the business going for two years. I don't know if you can understand . . ."

"What were you selling, exactly?"

"Storage tanks."

"Storage tanks?"

"Yes, but wait. These weren't just ordinary storage tanks, they were—"

"No, no, I don't care! Keep going!"

"So, as I said, I was at the end of my rope. I had worked on this project for months, and I had a huge amount of money tied up in it. I had put the company in debt, and I had even invested my personal savings. With this deal, I could slow the closing of a factory near Nancy. Eighteen employees. I had Suzanne's brothers on my back; I knew they wanted to get even, and they were not going to be nice about it, those worthless— What's more, I had a ferocious case of diarrhea. I'm sorry to be so prosaic, but . . . Anyway, I walked into that office as if I were going into battle, and when I learned that I was putting my life in the hands of . . . of . . . this creature, I nearly fainted."

"But why?"

"The oil business is a very macho world, you see. It has changed somewhat now, but at the time, you didn't see many women."

"And you too . . ."

"What about me?"

"You're a little macho yourself."

He didn't say no.

"Hold on—Put yourself in my place for a moment. I was expecting to be greeted by an old phlegmatic Englishman, someone with a mustache and a rumpled suit who was well versed in the colonial ways of doing things, and there I was shaking the hand of a young woman and casting sidelong glances at her décolleté . . . No, believe me, it was too much. I didn't need that . . . I felt the ground give way under my feet. She explained that Mr. Magoo was ill, that they had sent for her yesterday evening, and then she shook my hand very hard to give me strength. Anyway, that's what she told me afterward: that she had shaken me until my teeth rattled because she thought I looked rather pale."

"His name was really Mr. Magoo?"

"No. I'm just making that up."

"What happened next?"

"I whispered in her ear: 'But I hope you're aware . . . I mean, of the technical data . . . It's pretty specific . . . I don't know if they alerted you . . .' And then she gave me this marvelous smile. The type of smile that more or less says, 'Shhh . . . Don't try to confuse me, little man.'

"I was devastated.

"I leaned into her lovely little neck. She smelled good. She smelled wonderfully good . . . Everything was mixed up in my head. It was a catastrophe. She sat across from me, just to the right of a vigorous Chinese man who had me by the balls, pardon the expression. She rested her chin on her crossed fingers and threw me confident glances to give me strength. There was something cruel in those little half-smiles; I was completely in a daze and I was aware of it. I stopped breathing. I crossed my arms over my stomach to cover my paunch and prayed to heaven. I was at her mercy, and I was about to live the most wonderful hours of my life."

"You tell a good story . . ."

"You're making fun of me."

"No, no! Not at all!"

"Yes, you are. You're making fun of me. I'll stop."

"No, please! Absolutely not. And then what happened?"

"You broke my momentum."

"I won't say anything more."

He was silent.

"And then?"

"And then what?"

"And then how did it go with Mr. Singh?"

"You're smiling. Why are you smiling? Tell me!"

"I'm smiling because it was incredible . . . Because she was incredible . . . Because the whole situation was completely incredible . . ."

"Stop smiling to yourself! Tell me, Pierre! Tell me!"

"Well . . . First she pulled a case from her bag, a small, plastic, imitation crocodile eyeglass case. She did it very self-importantly. Then she balanced a horrible pair of spectacles on her nose. You know, those severe little glasses with white metal frames. The kind that retired schoolteachers wear. And from that moment on, her face closed up. She ceased to look at me in the same way. She held my gaze and waited for me to recite my lesson.

"I talked, she translated. I was fascinated because she started her sentences before I finished mine. I don't know how she pulled it off; it was a tour de force. She listened and spoke nearly at the same time. It was simultaneous translation. It was fascinating . . . Really . . . At first, I spoke slowly, and then more and more quickly. I think that I was trying to rattle her a bit. She didn't bat an eye. On the contrary, she got a kick out of finishing my sentences before I did. She was already making me feel just how predictable I was . . .

"And then she got up to translate some charts on a board. I took advantage of the situation to look at her legs. She had a little old-world side to her, outmoded, completely anachronistic. She was wearing a plaid knee-length skirt, a dark green twinset, and—Now why are you laughing?"

"Because you used the word 'twinset.' It makes me laugh."

"Really, I don't see what's so funny! What else am I supposed to say?"

"Nothing, nothing . . ."

"You're such a pain . . ."

"I'll be quiet, I'll be quiet."

"Even her brassiere was old-fashioned. She had pushed-up breasts like the girls in my youth. They were nice, not too large, slightly spread, pointed . . . Pushed up. And I was fascinated by her stomach. A round little stomach, round like a bird's belly. An adorable little stomach that stretched the pattern on her skirt and that I found . . . I could already feel it beneath my hands . . . I was trying to get a glimpse of her feet when I saw she was upset. She had stopped speaking. She was completely pink. Her forehead, her cheeks, her neck were pink. Pink as a little shrimp. She looked at me, alarmed.

'What's happening?' I asked her.

'You . . . Didn't you understand what he said?'

'Um . . . no. What did he say?'

'You didn't understand or you didn't hear?'

'I . . . I don't know . . . I didn't hear, I think . . .'

She stared at the ground. She was overcome. I imagined the worst, a disaster, a mistake, a huge blunder . . . while she straightened her hair, in my mind I was already closing down the business.

'What's happened? Is there a problem?'

Mr. Singh laughed, said something to her that I still couldn't understand. I was completely lost. I didn't understand a thing. I looked like a complete idiot!

'But what did he say? Tell me what he said!'

She stammered.

'It's hopeless, is that it?'

'No, no, I don't think so . . .'

'Then what is it?'

'Mr. Singh is wondering if it is a good idea to discuss such an important deal with you today . . .'

'But why? What is not going right?'

I turned to him to reassure him. I nodded idiotically, and tried the winning smile of a confident French businessman. I must have seemed ridiculous . . . And the big boss just kept on laughing . . . He was so pleased with himself that you couldn't see his eyes.

'Did I say something wrong?'

'No.'

'Did you say something wrong?'

'Me? Of course not! All I'm doing is repeating your gobbledygook.'

'Then what is it?'

I could feel sweat running down my sides.

She laughed and fanned herself. She seemed a bit nervous.

'Mr. Singh says that you are not concentrating.'

'But I am, I am concentrating! I am concentrating very hard! *Je suis très concentré!*'

'No, no,' he answered, shaking his head.

'Mr. Singh says that you are not concentrating because you are falling in love, and Mr. Singh does not want to do business with a Frenchman who is falling in love. He says that it is too dangerous.'

It was my turn to go crimson.

'No, no . . . *Non, non! Ça va.* I'm fine, I mean, I am calm . . . I . . . I . . .'

And to her I said:

'Tell him that it is not true. That it's fine. That everything is fine. Tell him that . . . *I am okay. Yes, yes, I'm okay.*'

I fidgeted.

She smiled one of those little smiles from earlier.

'That it's not true?'

What kind of shit had I gotten myself into?

'No, I mean, yes, uh . . . no, I mean that's not the problem . . . I mean, that's not a problem . . . I . . . *There IS no problem, I am fine!*'

"I think they were all making fun of me. The big boss, his associates, and this young lady.

"She didn't try to make it easy on me:

'Is it true or not true?'

What nerve! Was this really the moment?

'It's not true,' I lied.

'Oh, all right then! You had me worried . . .'

What a ball-buster, I thought again to myself.

"She had completely wiped me out."

"And then?"

"And then we got back to work. Very professionally. Like nothing had happened. I was drenched with sweat. I felt like someone had electrocuted me and I had definitely lost my edge . . . I didn't look at her anymore. I didn't want to. I wished that she didn't exist. I couldn't turn in her direction. I wanted her to disappear down a hole and to disappear with her. And the more I ignored her, the more I fell in love with her. It was exactly like I told you a while ago, it was like a sickness. You know how it goes: you sneeze once, twice. You shiver, and boom. It's too late. What's done is done. It was the same thing: I was caught, I was done for. It was hopeless and when she repeated the words of old Mr. Singh, I plunged into my files headfirst. She must have had fun. This ordeal lasted nearly three hours . . . What is it? Are you cold?"

"A little, but I'm fine, I'm okay . . . Go on. What happened then?"

He leaned over to help me pull up the coverlet.

"After that, nothing. Afterward . . . I told you, I had already experienced the best part . . . Afterward I . . . It was . . . Afterward it got sadder."

"But not right away?"

"No, not right away. There were still some good

times . . . But all the moments we shared after that meeting, it was as if I had stolen them . . ."

"Stolen them from whom?"

"From whom? From what? If only I knew . . .

"Afterward, I gathered up my papers and put the cap back on my pen. I got up, I shook the hands of my tormentors and left the room. And in the elevator, when the doors closed, I really felt like I had fallen in a hole. I was exhausted, empty, totally wrung out and on the verge of tears. Nerves, I suppose . . . I felt so miserable, so alone . . . Alone, above all. I went back to my hotel room, ordered a whiskey and ran a bath. I didn't even know her name. I knew nothing about her. I made a list of what I did know: she spoke remarkably good English. She was intelligent . . . Very intelligent . . . Perhaps too intelligent? I was flabbergasted by her technical, scientific, and steel-making knowledge. She was a brunette. She was very pretty. She was . . . let's see . . . about five foot four. She made fun of me. She wasn't wearing a wedding ring and she gave the impression of having the cutest little stomach. She . . . what else? I began to lose hope as my bath cooled.

"That evening, I went to dinner with some of the men from Comex. I ate nothing. I agreed with everything, and answered yes or no without knowing what I was saying. She haunted me.

"She haunted me, do you understand?"

He knelt in front of the fire and slowly worked the bellows.

"When I returned to the hotel, the receptionist handed me a message with my key. In small handwriting I read:

It wasn't true?

"She was sitting at the bar, watching me and smiling.

"I walked over, lightly hitting myself in the chest.

"My poor heart had stopped and I was trying to get it working again.

"I was so happy. I hadn't lost her. Not yet.

"So happy and also surprised because she had changed her outfit. Now she was wearing an old pair of blue jeans and a shapeless T-shirt."

'You changed your clothes?'

'Um . . . yes.'

'But why?'

'When you saw me earlier, I was in a sort of disguise. I dress that way when I work with old-school Chinese types. I figured out that the old-fashioned look pleased them, reassured them . . . I don't know . . . They feel more confident . . . I dress up like a maiden aunt and I become harmless.'

'But you didn't look like a maiden aunt, I can assure you! You . . . You were just fine . . . You . . . I . . . I mean, it's a shame—'

'That I changed clothes?'

'Yes.'

'So you like me harmless, too?'

She smiled. I melted.

'I don't think that you are any less dangerous in your little plaid skirt. I don't think so at all, not in the least little bit.'

"We ordered Chinese beers. Her name was Mathilde, she was thirty years old, and although she had astounded me, she couldn't take all the credit: her father and her two brothers worked for Shell. She knew the jargon by heart. She had lived in every oil-producing country in the world, had gone to fifty schools, and knew how to swear in every language. She couldn't say exactly where she lived. She owned nothing, just memories. And friends. She loved her work, translating thoughts and juggling with words. She was in Hong Kong at the moment because all she had to do to find work was hold out her hand. She loved that city where the skyscrapers spring up overnight and where you can eat in a cheap joint a few steps down the road. She loved the energy of the place. She had spent a few years in France when she was a child, and occasionally returned to see her cousins. One day she would buy a house there. It didn't really matter what kind of house or where, as long as there were cows and a fireplace. She laughed as she said that, because she was afraid of cows! She stole cigarettes from me and answered all my questions by first rolling her eyes. She asked me a few, but I ducked them. I wanted to listen to her, I wanted to hear the sound of her voice, that slight accent, her way of putting things that was hesitant and old-fashioned. I took it all in. I wanted to immerse myself in her, in her face. I already adored her neck, her hands, the shape of her nails, her slightly rounded forehead, her adorable little nose, her beauty marks, the rings under her eyes, those serious eyes . . . I was completely head over heels. You're smiling again."

"I don't recognize you."

"Are you still cold?"

"No, it's fine."

"She fascinated me . . . I wanted the world to stop turning, for the night to never end. I didn't want to leave her. Not ever. I wanted to stay slumped in that armchair and listen to her recount her life until the end of time. I wanted the impossible. Without knowing it, I had set the tone of our relationship . . . time in suspension, unreal, impossible to hold on to, to retain. Impossible to savor, also. And then she got up. She had to be at work early in the morning. For Singh and Co. again. She really loved that old fox, but she had to get some sleep, because he was tough! I stood up at the same time. My heart failed me again. I was afraid of losing her. I mumbled something while she put on her jacket.

'Excuse me?'

'Imafrloosngou.'

'What did you say?'
'I said I'm afraid of losing you.'

"She smiled. She said nothing. She smiled and swung lightly back and forth, holding on to the collar of her jacket. I kissed her. Her mouth was closed. I kissed her smile. She shook her head and gently gave me a little push.

"I could have fallen over backward."

. . .

"That's all?"

"Yes."

"You don't want to tell me the rest, is that it? It gets X-rated?"

"Not at all! Not at all, my dear . . . She left and I sat back down. I spent the rest of the night in a reverie, smoothing her little note on my thigh. Nothing very steamy, you see . . ."

"Oh! Well, anyway . . . it was your thigh . . ."

"My dear, how stupid you are."

I giggled.

"But why did she come back, then?"

"That's exactly what I asked myself that night, and the next day, and the day after and all the other days until I saw her again . . ."

"When did you see her next?"

"Two months later. She landed in my office one evening in the middle of August. I wasn't expecting anyone. I had come back from vacation a little early to work while it was still calm. The door opened and it was her. She had dropped by just like that. By chance. She had just been in Normandy, and was waiting for a friend to call to know when she would leave again. She looked me up in the telephone directory and voilà.

"She brought back a pen I had left halfway around the world. She had forgotten to give it to me in the bar, but this time she remembered it right away and was digging around in her bag.

"She hadn't changed. I mean, I hadn't idealized her, and I asked her:

'But . . . you came just for that? Because of the pen?'

'Yes, of course. It's a beautiful pen. I thought you might be attached to it.'

"She held it out to me, smiling. It was a Bic. A red Bic pen.

"I didn't know what to do. I . . . She took me in her arms and I was overcome. The world was mine."

"We walked across Paris holding hands. Along the Seine, from Trocadero all the way to the Ile de la Cité. It was a magnificent evening. It was hot, and the light was soft. The sun never seemed to set. We were like two tourists, carefree, filled with wonder, coats slung over our shoulders and fingers entwined. I played tour guide. I hadn't walked like that in years. I rediscovered my city. We ate at the Place Dauphine and spent the following days in her hotel room. I remember the first evening. Her salty taste. She must have bathed right before taking the train. I got up in the night because I was thirsty. I . . . It was marvelous.

"It was marvelous and completely false. Nothing was real. This wasn't life. This wasn't Paris. It was the month of August. I wasn't a tourist. I wasn't single. I was lying. I was lying to myself, to her, to my family. She wasn't fooled, and when the party was over, when it was time for the telephone calls and the lies, she left.

"At the boarding gate, she told me:

'I'm going to try to live without you. I hope I'll find a way . . .'

"I didn't have the courage to kiss her."

"That evening, I ate at the Drugstore. I was suffering. I was suffering as if part of me was missing, like someone had cut off an arm or a leg. It was an incredible sensation. I didn't know what had happened to me. I remember that I drew two silhouettes on a paper napkin. The one on the left was her from the front, and the one on the right was her from the back. I tried to remember the exact location of her beauty marks, and when the waiter came over and saw all those little dots, he asked if I was an acupuncturist. I didn't know what had happened to me, but I knew it was something serious! For several days, I had been myself. Nothing more or less than myself. When I was with her, I had the impression that I was a good guy . . . It was as simple as that. I didn't know that I could be a good guy.

"I loved this woman. I loved this Mathilde. I loved the sound of her voice, her spirit, her laugh, her take on the world, that sort of fatalism you see in people who have been everywhere. I loved her laugh, her curiosity, her discretion, her spinal column, her slightly bulging hips, her silences, her tenderness, and . . . all the rest. Everything . . . Everything. I prayed that she wouldn't be able to live without me. I wasn't thinking about the consequences of our encounter. I had just discovered that life was much gayer when you were happy. It took me forty-two years to find it out, and I was so dazzled that I forced myself to not ruin everything by fixing my gaze on the horizon. I was on cloud nine."

He refilled our glasses.

"From that moment on, I became a workaholic. I spent most of my time in the office. I was the first to arrive and the last to leave. I worked on Saturdays, and couldn't wait for Sundays to be over. I invented all kinds of pretexts. I finally landed the contract with Taiwan and was able to maneuver more freely. I took advantage of the situation to pile on extra projects, more or less sensible. And all of it, all of those insane days and hours were for one reason: because I hoped that she would call.

"Somewhere on the planet there was a woman—perhaps around the corner, perhaps ten thousand kilometers away—and the only thing that mattered was that she would be able to reach me.

"I was confident and full of energy. I think I was fairly happy at that time in my life because even if I wasn't with her, I knew she existed. That was already incredible.

"A few days before Christmas, I heard from her. She was coming to France and asked if I would be free for lunch the following week. We decided to meet in the same little wine bar. However, it was no longer summer, and when she reached for my hand, I swiftly drew it back. 'Do they know you here?' she asked, hiding a smile.

"I had hurt her. I was so unhappy. I gave her my hand back, but she didn't take it. The sky darkened, and we still hadn't found each other. I met her that same evening in another hotel room, and when I was finally able to run my fingers through her hair, I started to live again.

"I . . . I loved making love with her."

"The following afternoon, we met in the same spot, and the day after that . . . Then it was the day before Christmas Eve, we were going to part. I wanted to ask her what her plans were, but I couldn't seem to open my mouth. I was afraid—there was something in my gut that kept me from smiling at her.

"She was sitting on the bed. I came up to her and laid my head on her thigh.

'What's going to become of us?' she asked.

I didn't say a word.

'Yesterday, when you left me here in this hotel room in the middle of the afternoon, I told myself that I would never go through this again. Never again, is that clear? Never . . . I got dressed, and I went out. I didn't know where to go. I don't want to do this again; I can't lie down with you in a hotel room and then have you walk out the door afterward. It's too difficult.'

She had a hard time getting her words out.

'I promised myself that I would never go through this again with a man who would make me suffer. I don't think I deserve it, is that clear? I don't deserve it. So that's why I'm asking you: What's going to become of us?'

I stayed silent.

'You have nothing to say? I thought so. What could you say, anyway? What could you possibly do? You have your wife and your kids. And me, what am I? I'm almost nothing in your life. I live so far away . . . so far away and so strangely . . . I don't know how to live like other people. No house, no furniture, no cat, no cookbooks, no plans. I thought I was the smart one, that I understood life better than other people. I was proud of myself for not falling into the trap. And then you came along, and I feel completely at sea.

'And now I'd like to slow down a bit because I found out that life is wonderful with you. I told you I was going to try to live without you . . . I tried and I tried, but I'm not that strong; I think about you all the time. So I'm asking you now and maybe for the last time: What do you plan to do with me?'

'Love you.'

'What else?'

'I promise that I will never leave you behind in a hotel room ever again. I promise you.'

And then I turned and put my head back between her thighs. She lifted me up by the hair.

'And what else?'

'I love you. I'm only happy when I'm with you. I love only you. I . . . I . . . Trust me . . .'

"She let go of my head and our conversation ended there. I took her tenderly, but she didn't let herself go, she just let it happen. It's not the same thing."

"What happened after that?"

"After that we parted for the first time . . . I say 'the first time' because we broke it off so many times . . . Then I called her . . . I begged her . . . I found an excuse to return to China. I saw her room, her landlady . . .

"I stayed for a week. While she was at work I played

plumber, electrician, and mason. I worked like a fiend for
Miss Li, who spent her time singing and playing with her
birds. She showed me the port of Hong Kong and took
me to visit an old English lady who thought I was Lord
Mountbatten! I played the part, if you can imagine!"

"Can you understand what all this meant for me? For the
little boy who had never dared to take the elevator to the
sixth floor? My entire life was spent between two arrondissements in Paris and a little country house. I never
saw my parents happy, my only brother suffocated to
death, and I married my first girlfriend, the sister of one
of my friends, because I didn't know how to pull out in
time . . .

"That was it. That was my life . . .

"Can you understand? I felt like I had been born a second time, like it had all started again, in her arms, on that
dubious harbor, in that damp little room of Miss Li . . ."

He stopped talking.

"Was that Christine?"

"No, it was before Christine . . . That one was a mis-
carriage."

"I didn't know."

"No one knows. What is there to know? I got married
to a young girl that I loved, but in the way that you
love a young girl. A pure, romantic love; the first rush of

feelings . . . The wedding was a pretty sad affair. It felt like my first communion all over again.

"Suzanne also hadn't imagined that things would happen so quickly. She lost her youth and her illusions in one fell swoop. We both lost everything, while her father got the perfect son-in-law. I had just graduated from the top engineering school and he couldn't imagine anything better, since his sons were studying . . . *literature.* He could barely pronounce the word.

"Suzanne and I were not madly in love, but we were kind to each other. At that time, the one made up for the other.

"I'm telling you all this, but I really don't know if you can fully understand. Things have changed so much . . . It was forty years ago, but it seems like two centuries. It was a time when girls got married when they missed their periods. This must seem prehistoric to you . . ."

He rubbed his face.

"So, where was I? Oh yes . . . I was saying that I found myself halfway around the world with a woman who earned her living jumping from one continent to another and who seemed to love me for who I was, for what was inside. A woman who loved me, I'm tempted to say . . . tenderly. All of this was very, very new. Very exotic. A marvelous woman who held her breath while watching me eat cobra soup with chrysanthemum flowers."

"Was it good?"

"A bit gelatinous for my taste . . ."

He smiled.

"And when I got back on the plane, for the first time in my life I was not afraid. I said to myself: let it explode, let it fall out of the sky and crash, it doesn't matter."

"Why did you tell yourself that?"

"Why?"

"Yes, why? I would have said just the opposite . . . I'd tell myself: 'Now I know why I'm afraid, and this god-damn plane better not fall!' "

"Yes, you're right. That would have been smarter . . . But there you are, and this is the heart of the problem: I didn't say that. I was probably even hoping that it would crash . . . My life would have been so much simpler . . ."

"You had just met the woman of your life and you thought about dying?"

"I didn't say I wanted to die!"

"I didn't say that either. I said you *thought about* dying . . ."

"I probably think about dying every day, don't you?"

"No."

• • •

"Do you think your life is worth something?"

"Uh . . . Yes . . . A little, anyway . . . And then there are the children . . ."

"That's a good reason."

He had settled back down in the armchair and his face was once again hidden.

"Yes. I agree with you, it was absurd. But I had just been so happy, so happy . . . I was intrigued and also a bit terrified. Was it normal to be so happy? Was it right? What price was I going to have to pay for all that?

"Because . . . Was it because of my education or what the priests told me? Was it in my character? I'm not always good at seeing things clearly, but one thing is sure: I've always compared myself to a workhorse. Bit, reins, blinders, plow, yoke, cart, and furrow . . . the whole thing. Since I was a boy, I have walked in the street with my head down, staring at the ground like it was a crust— hard earth to be plowed.

"Marriage, family, work, the maze of social life, everything. I have always worked with lowered head and clamped jaw. Dreading everything. Mistrustful. I'm very good at squash, or I used to be, and it's not by chance—I like the feeling of being shut up in a cramped room, whacking a ball as hard as possible so that it comes back at me like a cannonball. I really liked that.

"'You like squash and I like paddleball, and that explains everything . . . ,' Mathilde said one evening as she was massaging my aching shoulder. She was quiet for a moment, then added, 'You should think about what I just said, it's not that dumb. People who are rigid inside are always bumping into life and hurting themselves in the process, but people who are soft—no, not soft, *supple* is the word—yes, that's it, supple on the inside, well, when they take a hit they suffer less . . . I think that you should take up paddleball, it's much more fun. You hit the ball and you don't know where it's going to come back, but you know it will come back because of the string, and it makes for a wonderful moment of suspense. But you see, for example, I sometimes think . . . that I'm your paddleball . . .'

"I didn't react, and she kept rubbing me in silence."

"You never thought about starting your life over with her?"

"Of course I did. A thousand times.

"A thousand times I wanted to and a thousand times I gave it up . . . I went right to the edge of the abyss, I leaned over, and then I fled. I felt accountable to Suzanne, to the children.

"Accountable for what? There's another difficult question . . . I was committed. I had signed, I had promised, I had to fulfill my obligations. Adrien was sixteen, and nothing was going right. He changed schools all the time, scribbled *No Future* in the elevator, and the only thing on his mind was to go to London and come back with a pet rat. Suzanne was distraught. Here was something stronger than her. Who had changed her little boy? For the first time, I watched her waver; she spent whole evenings without saying a word. I couldn't see myself making the situation worse. I told myself . . . I told myself that . . ."

"What did you tell yourself?"

"Wait a moment, it's so grotesque . . . I have to find the words I used at the time . . . I must have told myself something like: 'I am an example for my children. Here they are, on the threshold of their adult lives, about to scale the wall, a time when they are thinking about making important decisions. What a horrendous example for them if I were to leave their mother now . . .' Rather lofty sentiments, don't you think? 'How will they face things afterward? What sort of chaos would I be causing? What irreparable damage? I am not a perfect father, far from it, but I am still the biggest and closest example for them, and therefore . . . hmmm . . . I must keep myself in check.'"

He grimaced.

"Wasn't that good? You have to admit it was priceless, no?"

I said nothing.

"I was especially thinking of Adrien . . . of being a model of commitment for my son, Adrien . . . You have the right to snicker with me at that one, you know. Don't hold back. It's not often you get the chance to hear a good joke."

I shook my head.

"And yet . . . Oh, what's the use? That was all so long ago . . . so very long ago . . ."

"And yet what?"

"Well . . . There was one moment when I came very close to the abyss . . . Really very near . . . I started looking around to buy a studio. I thought about taking Christine away for a weekend. I thought about what I would say; I rehearsed certain scenes in my car. I even made an appointment with my accountant, and then one morning—you see what a tease life can be—Françoise came into my office in tears . . ."

"Françoise? Your secretary?"

"Yes.

"Her husband had just left her . . . I didn't recognize her anymore. She was always so exuberant, so imperious, this little woman who was in control of both herself and the universe—I watched her waste away day after day. In tears, losing weight, stumbling about, suffering. She suffered terribly. She took pills, lost more weight, and took the first sick leave of her career. She cried. She even cried in front of me. And what did I do, upright man that I was? I screwed up my courage and . . . went along with the crowd. *What a bastard,* I agreed, what a bastard. How could he do that to his wife? How could he be so selfish, to just close the door and wash his hands of the whole thing? Step out of his life like he was going for a walk? Why . . . why, that was too easy! Too easy!

"No, really, what a bastard. What a bastard that man was! No, sir, I'm not like you! I'm not leaving my wife, sir. I'm not leaving my wife, and I despise you . . . Yes, I despise you from the depths of my soul, sir!

"That's what I thought. I was only too happy to get out of it so easily. Only too happy to assuage my conscience and stroke my beard. Oh yes, I supported my Françoise, I pampered her. Oh yes, I often agreed. Oh no, I kept repeating to her, what bad luck you've had. What bad luck . . .

"In fact, I secretly had to thank him, this Mr. Jarmet whom I didn't know from Adam. I was secretly grateful to him. He handed me the solution on a silver platter. Thanks to him, thanks to his disgraceful behavior, I could return to my comfortable little situation with my head held high. Work, Family, and Country, that was me. Head high and walking tall! I prided myself on it, as you can imagine, you know me . . . I had arrived at the agreeable conclusion that . . . I wasn't like other people. I was a notch above them. Not much, but above. I wouldn't leave my wife, no, not me . . ."

"Was that when you broke it off with Mathilde?"

"Whatever for? No, not in the least. I continued to see her, but I shelved my escape plans and stopped wasting time looking at horrible little studios. Because you see, as I have just brilliantly demonstrated, that's not the stuff I was made of: I wasn't about to stir up a hornet's nest.

That was for irresponsible types, all that. For a husband who cheats with his secretary."

His voice was filled with sarcasm, and he was trembling with rage.

"No, I didn't break it off with her, I continued to tenderly screw her, promising things like *always* and *later.*"

"Really?"

"Yes."

"You mean like in all those trashy stories?"

"Yes."

"You asked her to be patient, and promised her all kinds of things?"

"Yes."

"How did she stand it?"

"I don't know, really. I don't know . . ."

"Maybe because she loved you?"

"Perhaps."

He drained his glass.

"Perhaps, yes . . . Maybe she did . . ."

"And you didn't leave because of Françoise?"

"Exactly. Because of Jean-Paul Jarmet, to be precise. Well, that's what I say now, but if it hadn't been him, I would have found some other excuse. Ne'er-do-wells are good at finding excuses. Very good."

"It's incredible . . ."

"What is?"

"This story . . . To see what it hinges on. It's incredible."

"No, my dear Chloé, it's not incredible . . . it's not in-credible at all. It's life. It's what life is like for nearly everyone. We hedge, we make arrangements, we keep our cowardice close to us, like a pet. *C'est la vie.* There are those who are courageous and those who settle, and it's so much less tiring to settle . . . Pass me that bottle."

"Are you going to get drunk?"

"No, I'm not going to get drunk. I've never been able to. The more I drink, the more lucid I become . . ."

"How awful!"

"Like you say, how awful . . . Can I offer you some?"

"No, thanks."

"Would you like that herbal tea now?"

"No, no. I'm . . . I don't know what I am . . . dumb-struck, maybe."

"Dumbstruck by what?"

"By you, of course! I've never heard you speak more than two sentences at once, you never raise your voice, you never make a scene. Not once, since the first time I saw you play the Grand Inquisitor. I never caught you in the act of being tender or sensitive, and now, all of a sudden, you dump all of this on me without even yelling *Timber!* . . ."

"Do you find it shocking?"

"No, not at all! That's not it! On the contrary . . . On the contrary . . . But . . . But how have you managed to play that role all this time?"

"What role?"

"That one . . . the role of the old bastard."

"But Chloé, I am an old bastard! I'm an old bastard—this is what I've been trying to explain to you this whole time!"

"But no! If you're aware of it, it's because you aren't one after all. The real ones aren't aware of anything!"

"Psshhh, don't believe that one . . . It's just another one of my tricks to get out of this honorably. I'm very talented that way . . ."

He smiled at me.

"It's incredible, just incredible."

"What?"

"All of this. Everything you've told me."

"No, it's not incredible. On the contrary, it's all quite banal.

"Very, very banal . . . I'm telling you because it's you, because it's here, in this room, in this house, because it's night, and because Adrien has made you suffer. Because his choice makes me feel both hopeless and reassured. Because I don't like to see you unhappy. I've caused too much suffering myself . . . And because I would rather see you suffer a lot today rather than suffer a little bit for the rest of your life.

"I see people suffering a little, only a little, not much at all, just enough to ruin their lives completely . . . Yes, at my age, I see that a great deal . . . People who are still

together because they're crushed under the weight of
that miserable little thing—their ordinary little life. All
those compromises, all of those contradictions . . . All of
that to end up . . .

"Bravo! Hurray! We've managed to bury it all: our
friends, our dreams, our loves, and now, now it's our
turn! Bravo, my friends, bravo!"

He applauded.

"Retirees, they call them. Retired from everything.
How I hate them. I hate them, do you hear me? I hate
them because I see myself in them. There they are, wal-
lowing in self-satisfaction. *We made it, we made it!* they
seem to say, without ever really having been there for
each other. But my God, at what price? What price?!
Regrets, remorse, cracks and compromises that don't
heal over, that never heal. Never! Not even in the Hes-
perides. Not even posing for the photo with the great-
grandchildren. Not even when you both answer the
game-show question at the exact same moment."

He said he'd never been drunk before, but . . .

He stopped talking and gesticulating. We sat like that for
a long moment. In silence. Except for the muted fireworks in the chimney.

• • •

"I didn't finish telling you about Françoise . . ."

He had calmed down, and I had to strain my ears to hear him.

"A few years ago, it was in '94, I think, she became seriously ill . . . Very seriously . . . A goddamn cancer that was eating away at her abdomen. They started by removing one ovary, then the other, then her uterus . . . I don't really know much about it, really; she never confided in me, as you can imagine, but it turned out to be much more serious than they had imagined. Françoise was calculating the time she had left. She wanted to make it to Christmas. Easter was too much to hope for.

"One day, I called her at the hospital and offered to lay her off with a huge severance package so that she could travel around the world when she got out, so she could go shopping at the top designers, pick out the prettiest dresses, and then sashay along the deck of a huge ocean liner sipping Pimm's. Françoise adored Pimm's . . .

'Save your money, I'll drink it with the others at your retirement party!'

"We chatted. We were good actors—we had a lump in our throats but our exchange was upbeat. The latest prognosis was a disaster. I heard it from her daughter. Christmas looked doubtful.

"'Don't believe everything you hear, you're still not

going to get your chance to replace me with some young thing,' she chided me in a whisper before hanging up. I pretended to grumble and found myself in tears in the middle of the afternoon. I found out how much I cared for her as well. How much I needed her. Seventeen years we had worked together. Always, every day. Seventeen years she put up with me, helped me . . . She knew about Mathilde and never said a word. Not to me, nor to anyone else. She smiled at me when I was unhappy, and shrugged her shoulders when I was disagreeable. She was barely twenty years old when she came to work for me. She didn't know how to do anything. She was a graduate of a hotel school, and quit a job because a cook had pinched her bottom. She told me this during our first meeting. She didn't want anyone pinching her bottom, and she didn't want to go back to live with her parents in the Creuse. She would only go back when she had her own car, so she could be sure that she could leave! I hired her on account of that sentence.

"She, too, was my princess."

"I called from time to time to complain about her substitute.

"And then, a long time afterward, I went to see her, when she finally let me. It was in the spring. She had changed hospitals. The treatment was less aggressive and her progress had encouraged her doctors, who stopped by to congratulate her on being good-natured and a real fighter. On the phone, she told me she had started to give advice about everything and to everyone. She had ideas for changing the décor, and she had started a quilting circle. She criticized their foul-ups and poor organization. She asked to meet with someone from social services to clear up a few simple problems. I teased her, and she defended herself: 'But it's common sense! Just good common sense, you see!' She was back in fighting form, and I drove to the clinic with a happy heart.

"And yet, seeing her again was a shock. She was no longer my princess; in her place was a jaundiced little bird. Her neck, her cheeks, her hands, her arms—everything had disappeared. Her skin was yellowish and somewhat coarse, and her eyes had doubled in size. What shocked me the most was her wig. She had probably put it on in a hurry, and the part wasn't quite in the center. I tried to catch her up on the news from the office, about Caroline's baby and the contracts under way, but I was obsessed by that wig. I was afraid it was going to slip.

"At that moment, a man knocked on the door. 'Oops!' he said when he saw me before turning around. Françoise called him back. 'Pierre, this is Simon, my friend. I don't believe you two have ever met . . .' I got up. No, we had never met. I didn't even know he existed. We were so discreet, Françoise and I . . . He shook my hand very firmly and there was all the kindness in the world in his eyes. Two little gray eyes, intelligent, alive, and tender. While I sat back down, he went over to Françoise to kiss her, and then do you know what he did?"

"No."

"He took that little broken doll's face in his hands as if he wanted to kiss her enthusiastically, and he took advantage of that to straighten her wig. She cursed and told him to be careful, I was her boss after all, and he laughed before he went out, on the pretext of wanting to get the paper.

"And when he had closed the door, Françoise slowly turned toward me. Her eyes were full of tears. She murmured, 'Without him, I would have come to the end by now, you know . . . If I'm putting up a fight, it's because there is so much I want to do with him. So many things . . .'"

"Her smile was frightful. Her jaw was huge, almost indecent. I had the feeling that her teeth were going to come out. That the skin on her cheeks would split. I was overcome with nausea. And the odor . . . That smell of drugs and death and Guerlain perfume all mixed together. I could barely stand it, and I had to fight to keep from putting my hand over my mouth. I thought I was going to lose it. My vision blurred. It was hardly noticeable, you know, I pretended to pinch my nose and rub my eyes as if I had gotten a speck of dust in them. When I looked up at her again, forcing myself to smile, she asked, 'Are you all right?' 'Yes, yes, I'm fine,' I answered. I could feel my mouth curving into a sad child's frown. 'I'm fine, it's fine . . . It's just that . . . I don't think you look all that well, Françoise . . .' She closed her eyes and laid her head on her pillow. 'Don't you worry about me. I'm going to beat this . . . He needs me too much, that one does . . .'"

"I left completely broken up. I held myself up on the walls. I took forever to remember where I had parked my car, and I got lost in the damn parking garage. What was happening to me? My God, what was happening to me? Was it seeing her like that? Was it the odor of disinfected death, or just the place itself? That pall of misery, of suffering. And my little Françoise with her ravaged arms, my angel lost in the midst of all those zombies. Lost in her miniscule bed. What had they done to my princess? Why had they mistreated her like that?

"It took forever to find my car and forever to get it started, then it took me several minutes to put it in first gear. And you know what? Do you know why I was reeling like that? It wasn't because of her, or her catheters, or her suffering. Of course it wasn't. It was . . ."

He lifted his head.

"It was despair. Yes, the boomerang had come back to hit me in the face . . ."

Silence.

. . .

I finally said:

"Pierre?"

"Yes?"

"You're going to think I'm kidding, but I think I'll take that herbal tea now . . ."

He got up, complaining in order to hide his gratitude.

"Oh là là, you women never know what you want; you can be so annoying . . ."

I followed him into the kitchen and sat down on the other side of the table, while he put a pan of water on the burner. The light from the suspension lamp was harsh. I pulled it down as far as it would go while he rummaged through all the cupboards.

"Can I ask you a question?"

"If you can tell me where to find what I'm looking for."

"Right there, in front of you, in that red box."

"That one? We never used to put it there, it seems to me that—Oh sorry, I'm listening."

"How many years were you together?"

"With Mathilde?"

"Yes."

"Between Hong Kong and our final discussion, five years and seven months."

"And did you spend a lot of time together?"

"No, I already told you. A few hours, a few days . . ."

"And was that enough?"

He said nothing.

"Was it enough for you?"

"No, of course not. Well, yes really, since I never did anything to change the situation. It's what I told myself afterward. Maybe it suited me. 'Suited'—what an ugly word that is. Perhaps it suited me to have a reassuring wife on one side and a thrill on the other. Dinner on the table every night and the feeling that I could sneak off from time to time . . . A full stomach and all the comforts of home. It was practical, and comfortable."

"You called her when you needed her?"

"Yes, that was more or less the case . . ."

He set a mug down in front of me.

"Well, no, actually . . . It didn't happen exactly like that . . . One day, right at the beginning, she wrote me a letter. The only one she ever sent, by the way. It read:

"I've thought about it, I don't have any illusions, I love you but I don't trust you. Because what we are living is not real, it's a game. And because it's a game, we have to have rules. I don't want to see you in Paris. Not in Paris or in any other place that makes you afraid. When I'm with you, I want to hold your hand in the street and kiss you in restaurants, otherwise I'm not interested. I'm too old to play cat and mouse. Therefore, we will see each other as far away as possi- ble, in other countries. When you know where you will be, you will write to me at this address, it's my sister's in London, she'll know where to forward it. Don't take the trouble to write a love letter, just the details. Tell me which hotel you're in and when and where. If I can join you, I'll come, otherwise too bad. Don't try to call me, or to find out where I am or how I'm living, this is no longer the issue. I've thought it over, I think it's the best solution: to do the same as you, live my own life, and be fond of you from a distance. I don't want to wait for your phone calls, I don't want to keep myself from falling in love, I want to be able to sleep with whom I want, when I want, and with no scruples. Because you're right, a life without scruples is more . . . *convenient*. That's not the way I see things, but why not? I'll give it a try. What do I have to lose, after all? A cowardly man? And what do I stand to gain? The pleasure of sleeping in your arms sometimes . . . I've thought about it, I want to give it a try. Take it or leave it . . ."

"What is it?"

"Nothing. It's amusing to see that you had found an opponent equal to you."

"No, unfortunately I hadn't. She went through the motions and acted like a femme fatale, but she was really soft-hearted. I didn't know it when I accepted her proposal, I only found out much later. Five years and seven months later . . .

"Actually, that's a lie. I read between the lines, I guessed what those sorts of phrases must have cost her. But I wasn't going to dwell on it, because these rules suited me fine. They suited me down to the ground. All I had to do was step up the import-export department and get used to takeoffs, and that was that. A letter like that is a godsend for men who want to cheat on their wives without complications. Of course, I was bothered by all that talk about sleeping around and falling in love, but we weren't at that point yet . . ."

He sat down at the end of the table, at his usual place.

"Pretty smart of me, eh? Oh, I was a smart one then . . . Especially because the whole thing helped me make a lot of money . . . I had always neglected the international side of the business a bit . . ."

"Why all the cynicism?"

"You gave a very good answer to that question yourself a little while ago . . ."

I leaned down to get the tea strainer.

"In addition, it was very romantic . . . I would get off the plane, my heart pounding, I checked into the hotel hoping that my key wouldn't be on its hook, I put my bags down in strange rooms, rummaging around to see if she had already been there, I went off to work, I came back in the evening praying to God she would be in my bed.

Sometimes she was, sometimes not. She would join me in the middle of the night and we would lose ourselves in each other without exchanging a single word. We laughed under the covers, amazed to find each other there. At last. So far away, and so close. Sometimes, she would only arrive the next day, and I spent the night sitting at the bar, and listening for noises in the corridor. Sometimes she took another room, ordering me to come join her in the early morning hours. Sometimes she didn't show and I hated her. I would return to Paris in a very bad mood. At first, I really had work to do; later, I had less and less . . . I made up any excuse to be able to leave. Sometimes I saw something of the country, and sometimes I saw nothing but my hotel room. Sometimes we never even left the airport. It was ridiculous. There was no logic to it. Sometimes we would talk nonstop, and other times we had nothing to say to each other. True to her word, Mathilde never talked about her love life, or only during pillow talk. She talked about men and situations that drove me wild, but that was only between the sheets . . . I was completely at the mercy of that woman, of the mischievous little way she had of pretending to say the wrong name in the dark. I acted annoyed, but I was devastated. I took her even more forcefully, when all I wanted to do was hold her tightly in my arms.

"When one of us joked, the other one suffered. It was completely absurd. I dreamed of catching hold of her and shaking her until all her venom was gone. Until she told me she loved me. Until she told me she loved me, damn it all. But I couldn't, it was me that was the bastard. All of this was my fault . . ."

He got up to find his glass.

"What was I thinking? That it was going to go on like that for years? For years on end? No, I didn't believe that. We would say good-bye to each other furtively, sadly, awkwardly, without ever talking about the next time. No, it was untenable . . . And the more I hesitated, the more I loved her, and the more I loved her, the less I believed it. I felt overwhelmed, powerless, caught in my own web. Immobile and resigned."

"Resigned to what?"

"To losing her one day . . ."

"I don't understand."

"Oh yes, you do. You understand what I'm saying . . . What could I have possibly done? Answer me that."

"I can't."

"No, of course you can't answer . . . You're the last person in the world who could answer that question."

"What exactly did you promise her?"

"I don't remember now . . . not much, I imagine, or else the unimaginable. No, not very much . . . I had the decency to shut my eyes when she asked me questions, and to kiss her when she waited for me to answer. I was almost fifty and I thought I was old. I thought this was the

end of the road, a bright, happy ending . . . I said to myself: 'Don't rush into things, she's so young, she'll be the
first to leave.' And every time I saw her again, I was
amazed but also surprised. What? She's still here? But
why? I had a hard time seeing what she liked in me, and
I told myself, 'Why get into a mess, since she's going to
leave me?' It was inevitable, it was sure to happen. There
was no reason for her to still be there the next time, no
reason at all . . . In the end, I was practically hoping that
she wouldn't be there. Up to then, life had been so kind
as to decide everything for me, why should that change
now? Why? I had proven that I didn't have the ability to
take things in hand . . . Business, yes, that was a game and
I was the best, but on the home front? I preferred to suffer; I wanted to console myself by thinking that I was the
one who was suffering. I wanted to dream or regret. It's
so much simpler that way . . .

"My great-aunt on my father's side was Russian, and
she used to tell me:

'You, you're like my father, you have nostalgia for the
mountains.'

'Which mountains, Mouschka?' I would ask.

'Why, the ones you've never seen, of course!'

"She told you that?"

"Yes. She said it each time I looked out the window . . ."

"And what were you looking at?"

"The bus depot!"

He laughed.

"Another character you would have liked . . . Some Friday I'll tell you about her."

"We'll go to Chez Dominique, then . . ."

"Like I told you, wherever and whenever you want to go."

He filled my mug with tea.

"But what was she doing all that time?"

"I don't know . . . She was working. She had found a job at UNESCO, but had quit it shortly after. She didn't like translating their smooth talk. She couldn't stand being cooped up day after day, mindlessly repeating politicians' rhetoric. She preferred the business world, where the adrenaline was of a higher caliber. She traveled around, went to visit her brothers, sisters, and friends who were scattered all over the globe. She lived in Norway for a time, but she didn't like it there either, with all those blue-eyed ayatollahs, and where she was always cold . . . And when she had enough of jet lag, she stayed in London translating technical manuals. She loved her nephews."

"But aside from work?"

"Ah, that . . . that is shrouded in mystery. God knows I tried to drag it out of her . . . She closed up, hesitated, wriggled out of my questions. 'At least leave me that,' she said. 'Let me keep my dignity. The dignity of those who are discreet. Is that too much to ask?' Or she would give me a taste of my own medicine and torture me, laughing all the while. 'In fact, didn't I tell you I got married last month? How stupid of me, I wanted to show you the pictures but I forgot them. His name is Billy; he's not very smart but he takes good care of me . . .'"

"Did that make you laugh?"

"No, not really."

"You loved her?"

"Yes."

"Loved her how?"

"I loved her."

"And what do you remember from those years?"

"A life like a dotted line . . . Nothing, then something. Then nothing again. And then something. Then nothing again . . . It went by very quickly . . . When I think about it, it seems like the whole thing only lasted a season . . . Not even a season, the length of a single breath. A sort of mirage . . . We had no daily life together. That was what Mathilde suffered from the most, I think . . . I suspected it, mind you, but the proof came one evening after a long day of work.

"When I came in, she was sitting at a small desk, writing something on the hotel stationery. She had already filled a dozen pages with her small, cramped handwriting.

'Who are you writing to like that?' I asked her, bending over her neck.

'To you.'

'Me?'

She's leaving me, I thought, and at once I began to feel ill.

'What is it? You're completely pale. Are you all right?'

'Why are you writing me?'

'Oh, I'm not really writing you a letter, I'm writing down all the things I want to do with you . . .'

There were pages everywhere. Around her, at her feet, on the bed. I picked one up at random:

. . . go for a picnic, have a nap on the bank of a river, eat peaches, shrimp, croissants, sticky rice, swim, dance, buy myself shoes, lingerie, perfume, read the paper, window-shop, take the Métro, watch time pass, push you over when you're taking up all the room, hang out the laundry, go to the opera, to Bayreuth, to Vienna, to the races, to the supermarket, have a bar-beque, complain because you forgot the charcoal, brush my teeth at the same time as you, buy you underwear, cut the grass, read the paper over your shoulder, keep you from eating too many peanuts, visit the caves in the Loire, and those in Hunter Valley, act like an idiot, talk my head off, introduce you to Martha and Tino, pick blackberries, cook, go back to Vietnam, wear a sari, garden, wake you up because you're snoring again, go to the zoo, to the flea market, to Paris, to London, to Melrose, to Piccadilly, sing you songs, stop smoking, ask you to trim my nails, buy dishes, foolish things, things that have no purpose, eat ice cream, people-watch, beat you at chess, listen to jazz, reggae, dance the mambo and the cha-cha, get bored, throw tantrums, pout, laugh, wrap you around my little finger, look for a house among the cows, fill up huge shopping carts, repaint a ceiling, sew curtains, spend hours around a table talking with interesting people, grab you by the goatee, cut your hair, pull up weeds, wash the car, see the sea, watch old B-movies, call you up again, say dirty words to you, learn to knit, knit you a scarf, unravel that horrible scarf, collect cats, dogs, parrots, elephants, rent bicycles, not use them, stay in a hammock, reread my grandmother's copy of *Bicot,* look at Suzy's dresses again, drink margaritas in the shade, cheat, learn to use an iron, throw the iron out the window, sing in the rain, run away from tourists, get drunk, tell you everything, remember that some things are better left unsaid, listen to you, give you my hand, go find the iron, listen to the words of songs, set the alarm, forget our suitcases, stop rushing off everywhere, put out the trash, ask you if you still love me, chat with the neighbor, tell you about my childhood in Bahrain, my nanny's rings, the smell of henna and balls of amber, make toast for eggs, labels for jam jars . . .

It went on like that for pages. Page after page . . . I'm just telling you the ones that come into my head, the ones I remember. It was incredible.

'How long have you been writing that?'

'Since you left.'

'But why?'

'Because I'm bored,' she answered cheerfully. 'I'm dying of boredom, if you can believe it!'

"I picked up the whole stack and sat down on the edge of the bed to see better. I was smiling but, to tell you the truth, I was paralyzed by so much desire, so much energy. But I smiled anyway. She had a way of putting things that was so amusing, so witty, and she was watching my reactions. On one page, between 'start all over' and 'paste pictures in a photo album' she had written 'a baby.' Just like that, with no commentary. I continued to examine this huge list without batting an eye while she bit her cheeks.

'Well?' She wasn't breathing anymore. 'What do you think?'

'Who are Martha and Tino?' I asked her.

"From the shape of her mouth, the way her shoulders slumped, how her hand dropped, I knew that I was going to lose her. Just by asking that stupid question, I had put my head on the block. She went into the bathroom and said, 'Some nice people,' before shutting the door. And instead of going to her, instead of throwing myself at her feet saying yes, anything she wanted because yes, I was put on this earth to make her happy, I went out on the balcony to smoke a cigarette."

"And then?"

"And then nothing. The cigarette tasted terrible. We went down to dinner. Mathilde was beautiful. More beautiful than ever, it seemed to me. Lively, gay. Everyone looked at her. The women turned their heads and the men smiled at me. She was . . . how shall I say it . . . she was radiant . . . Her skin, her face, her smile, her hair, her gestures, everything in her captured the light and grace-fully reflected it back. It was a mixture of vitality and ten-derness that never ceased to amaze me. 'You're beautiful,' I told her. She shrugged. 'In your eyes.' 'Yes,' I agreed, 'in my eyes . . .'

"When I think about her today, after all these years, that's the first image that comes to mind—her long neck, her dark eyes, and her little brown dress in that Austrian dining room, shrugging her shoulders."

"After all, it was intentional, all of that beauty and grace. She knew very well what she was doing that evening: she was making herself unforgettable. Perhaps I'm mistaken, but I don't think so . . . It was her swan song, her farewell, her white handkerchief waving at the window. She was so perceptive, she must have known it . . . Even her skin was softer. Was she aware of it? Was she being generous or simply cruel? Both, I think . . . It was both . . .

"And that night, after the caresses and the sighing, she said:

'Can I ask you a question?'

'Yes.'

'Will you give me an answer?'

'Yes.'

I opened my eyes.

'Don't you think that we go well together?'

I was disappointed; I was expecting a question a bit more . . . um . . . provocative.

'Yes.'

'Do you think so, too?'

'Yes.'

'I think we go well together . . . I like being with you because I'm never bored. Even when we're not talking, even when we're not touching, even when we're not in the same room, I'm not bored. I'm never bored. I think it's because I have confidence in you, in your thoughts. Do you understand? I love everything I see in you, and everything I don't see. I know your faults, but as it turns out, I feel as though your faults go well with my qualities. We're not afraid of the same things. Even our inner demons go well together! You, you're worth more than you show, and I'm just the opposite. I need your gaze in order to have a bit more . . . a bit more substance? What is the word in French? Complexity? When you want to say that someone is interesting inside?'

'Depth?'

'That's it! I'm like a kite; unless someone holds me by the string, I fly away . . . And you, it's funny . . . I often say to myself that you are strong enough to hold me and smart enough to let me go . . .'

'Why are you telling me all this?'

'Because I want you to know.'

'Why now?'

'I don't know . . . Perhaps it's because it's incredible to meet someone and say: with this person, I'm happy.'

'But why are you saying this to me now?'

'Because sometimes I have the feeling that you don't understand how lucky we are . . .'

'Mathilde?'

'Yes?'

'Are you going to leave me?'

'No.'

'You're not happy?'

'Not very.'

And then we stopped talking.

"The next day we went tromping around the mountains, and the day after, we each went our separate ways."

. . .

My tea was getting cold.

"Was that the end?"

"Nearly."

"A few weeks later, she came to Paris and asked if I could spare her a few moments. I was both happy and annoyed. We walked for a long time, barely speaking, and then I took her to lunch on the Champs-Elysées.

"While I was getting up the courage to take her hands in mine, she stunned me by saying:

'Pierre, I'm pregnant.'

'By whom?' I answered, growing pale.

She rose to her feet, radiant.

'No one.'

She put on her coat and pushed the chair back in place. There was a magnificent smile on her face.

'Thank you, you said the words that I was expecting. I came all this way to hear you say those two words. I took a bit of risk.'

I stuttered; I wanted to get up, but the table leg was . . . She made a gesture:

'Don't move.'

Her eyes shone.

'I got what I wanted. I couldn't bring myself to leave you. I can't spend my life waiting for you, but I . . . Nothing. I needed to hear those two words. I needed to see your cowardice. To experience it up close, do you understand? No, don't move . . . Don't move, I tell you! Don't move! I have to go now. I'm so tired . . . If only you knew how tired I was, Pierre . . . I . . . I can't do this anymore . . .'

I stood up.

'You are going to let me leave, right? You are going to let me? You have to let me leave now, you have to let me . . .' Her voice caught. 'You're going to let me leave, aren't you?'

I nodded.

'But you know I love you, you know that, don't you?' I finally managed to say.

She moved away and turned back before opening the door. She looked at me intently and shook her head from left to right.

. . .

My father-in-law got up to kill an insect on the lamp.

He emptied the last of the bottle into his glass.

"And that was the end?"

"Yes."

"You didn't go after her?"

"Like in the movies?"

"Yes. In slow motion . . ."

"No. I went to bed."

"You went to bed?"

"Yes."

"But where?"

"At home, of course!"

"Why?"

"A great weakness, a great, great weariness . . . For several months, I had been obsessed by the image of a dead tree. At all times of the day and night, I dreamed I was climbing a dead tree and that I let myself slide down its hollow trunk. The fall was so gentle, so gentle . . . as if I were bouncing on the top of a parachute. I would bounce, fall farther, and then bounce again. I thought about it constantly. In meetings, at the dinner table, in my car, while I was trying to sleep. I climbed my tree and let myself fall."

"Was it depression?"

"Don't use such a big word, please, no big words . . . You know how it is at the Dippels'." He chuckled. "You said so a while ago. No moodiness, no bile, no spleen. No, I couldn't allow myself to give in to that kind of whim. So I came down with hepatitis. It was more convenient. I woke up the next day and the whites of my eyes were lemon yellow. Everything tasted bad, my urine was dark, and the deed was done. A vicious case of hepatitis for someone who traveled a good deal, it was patently obvious.

"Christine undressed me that day.

"I couldn't move . . . For a month I stayed in bed, nauseous and exhausted. When I was thirsty, I waited until someone came in and held out a glass, and when I was cold, I didn't have the strength to pull up the coverlet. I no longer spoke. I forbid people to open the shutters. I had become an old man. Everything exhausted me: Suzanne's kindness, my powerlessness, the whispering of the children. Could someone please close the door once and for all and leave me alone with my sorrow? Would Mathilde have come if . . . Would she . . . Oh . . . I was so tired. And all of my memories, my regrets, and my cowardice just knocked me down even more. With half-closed eyes and stomach churning, I thought about the disaster my life had been. Happiness had been mine, and I had let it slip away in order to not complicate my life. And yet it was so simple. All I had to do was hold out my hand. The rest could have been settled one way or another. Everything falls into place when you're happy, don't you think?"

"I don't know."

"But I know. Believe me, Chloé. I don't know much, but I know this. I'm not more psychic than the next person, but I'm twice your age. Twice your age, do you realize that? Life is stronger than you are, even when you deny it, even when you neglect it, even when you refuse to admit it. Stronger than anything. People came home from the camps and had children. Men and women who had been tortured, who had watched their loved ones die and their houses burn to the ground. They came home and ran for the bus, talked about the weather, and married their daughters off. It's incredible, but that's the way it is. Life is stronger than anything. And who are we to be so self-important? We bustle about, talk in loud voices, and for what? And then what happens, afterward?

"What happened to little Sylvie, for whom Paul died in the next room? What happened to her?

"The fire is going out."

He got up to put another log on.

And me, I thought, where do I fit into all of this?

Where am I?

He crouched in front of the fireplace.

"Do you believe me, Chloé? Do you believe me when I say that life is stronger than you?"

"Certainly . . ."

"Do you trust me?"

"That depends on the day."

"What about today?"

"Yes."

"Then I think that you should go to bed now."

"You never saw her again? You never tried to find out how she was? Never called her?"

He sighed.

"Haven't you had enough?"

"No."

"I called her sister, of course, I even went there in person, but it didn't do any good. She had flown the coop . . . To find her, I had to know in which hemisphere to start looking . . . And then, I had promised I would leave her alone. That's one of my outstanding qualities, by the way. I'm a good loser."

"What you're saying is completely ridiculous. It's not about being a good or bad loser. That's completely stupid reasoning, stupid and childish. It wasn't a game, after all . . . or was it? Was it all a game?"

He was delighted.

"Really, I don't have to worry about you, my girl. You have no idea how much I respect you. You are everything that I'm not, you are my star and your good sense will save us all . . ."

"You're drunk, is that it?"

"You want to know something? I've never felt so good in my life!"

He lifted himself to his feet by holding on to the mantelpiece.

"Let's go to bed."

"You haven't finished . . ."

"You want to hear me ramble on some more?"

"Yes."

"Why?"

"Because I love a good story."

"You think that this is a good story?"

"Yes."

"Me too . . ."

"You saw her again, right? At the Palais-Royal?"

"How did you know that?"

"You told me yourself!"

"Oh really? Did I say that?"

I nodded.

"Well, then, this will be the last act . . .

"That day, I invited a group of clients to the Grand Véfour. Françoise had organized everything. Good vintages, flattery, excellent dishes. I pulled out all the stops. I had been doing the same thing forever, it seems . . . The lunch was utterly boring. I've always hated that sort of thing, spending hours at the table with men I don't give a damn for, being forced to listen to them go on about their work . . . And in addition, I was the killjoy of the group because of my liver. For a long time, I didn't drink a drop of alcohol and asked the waiters to tell me exactly what was in each dish. You know the type of pain in the ass I mean . . . Plus, I don't really care for the company of men. They bore me. They're the same as they were in boarding school. The braggarts are the same, and so are the brownnosers . . ."

"So, there I was at that point in my life, in front of the door of a fancy restaurant, a bit sluggish, a little weary, tapping another big cigar, dreaming of the moment when I could loosen my belt, when I caught sight of her. She was walking fast, almost running, and dragging a small, unhappy boy behind her. 'Mathilde?' I murmured. I saw her turn pale, and the ground open under her feet. She didn't slow down. 'Mathilde!' I said more loudly, 'Mathilde!' And then I ran after her like crazy. 'Mathiiilde!' I nearly shouted. The little boy turned around."

"I invited her for a coffee under the arcades. She didn't have the strength to refuse; she . . . She was still so beautiful. I tried to act naturally. I was a bit awkward, a bit stupid, a bit too playful. It was difficult.

"Where was she living? What was she doing here? I wanted her to tell me about herself. Tell me how you are. Do you live here? Do you live in Paris? She answered grudgingly. She was ill at ease and gnawed the end of her coffee spoon. At any rate, I wasn't listening, I had stopped listening. I was looking at this little blond boy who had collected all the bread ends from nearby tables and was throwing crumbs to the birds. He had made two piles, one for the sparrows and one for the pigeons, and was busily organizing this little world. The pigeons were not supposed to take the crumbs from the smaller birds. 'Go away, you!' he yelled, giving them a kick. 'Go away, you stupid bird!' When I turned back toward his mother, about to speak, she cut me short:

'Don't bother, Pierre, don't bother. He's not five years old . . . He hasn't turned five, do you understand?'

I closed my mouth.

'What's his name?'

'Tom.'

'He speaks English?'

'English and French.'

'Do you have other children?'

'No.'

'Do you . . . Are you . . . I mean . . . do you live with someone?'

She scraped at the sugar in the bottom of her cup and smiled at me.

'I have to go now. We're expected.'

'Already?'

She stood up.

'Can I drop you somewhere? I . . .'

She picked up her bag.

'Pierre, please . . .'

"And then, I broke down. I didn't expect it at all. I began to cry like a baby. I . . . That child was for me. It was for me to show him how to chase pigeons, for me to pick up his sweater and put his hat on. It was for me to do that. What's more, I knew she was lying! The boy was more than four. I wasn't blind after all! Why was she lying to me that way? Why had she lied to me? No one has the right to lie like that! No one . . . I sobbed. I wanted to say that—

She pushed back her chair.

'I'm going now. I've already cried all my tears.'

"And afterward?"

"Afterward I left . . ."

"No, I mean with Mathilde, what happened?"

"After that it was over."

"Really over?"

"Over."

There was a long silence.

"Was she lying?"

"No. Since then I started paying more attention. I compared him with other children, with your daughters . . . no, I think that she wasn't lying. Children are so big these days . . . With all the vitamins you put in their bottles . . . I think about him sometimes. He must be around fifteen today . . . He must be huge, that boy."

"You never tried to see her again?"

"No."

"What about now? Maybe she—"

"Now it's finished. Now I . . . I don't even know if I would still be capable of . . ."

He folded the fire screen.

"I don't want to talk about it anymore."

He went to lock the front door and turned out all the lights.

I hadn't moved from the couch.

"Come on, Chloé . . . Do you see what time it is? Go to bed now."

I didn't answer.

"Do you hear me?"

"So love is just bullshit? That's it? It never works out?"

"Of course it works out. But you have to fight . . ."

"Fight how?"

"Every day you have to fight a bit. A little bit each day, with the courage to be yourself, to decide to be happ—"

"Oh, that's beautiful! You sound just like Paulo Coelho . . ."

"Go ahead and laugh, go ahead . . ."

"Being yourself, does that mean walking out on your wife and kids?"

"Who said anything about walking out on the kids?"

"Oh, stop it. You know exactly what I mean . . ."

"No, I don't."

I started to cry again.

"Go on, leave. Leave me alone. I can't take any more of your noble sentiments. I can't take them anymore. It's too much for me, Mr. Bare-Your-Soul, it's too much . . ."

"I'm going, I'm going. As long as you ask so nicely . . ."

At the door of the room, he said:

"One last story, if I may?"

I didn't want to hear it.

"One day, a long time ago, I took my little daughter to the bakery. It was rare for me to go to the bakery with my daughter. It was rare for us to hold hands, and even rarer to be alone with her. It must have been a Sunday morning, and the bakery was full of people buying fruit tarts and meringues. On the way out, she asked me for the tip of the baguette to eat. I refused. *No*, I said. *When we're at the table.* We went home and sat down to eat. A perfect little family. I was the one who cut the bread. I insisted. I wanted to keep my promise. But when I handed the bread end to my daughter, she gave it to her brother.

'But you told me you wanted it . . .'

'I wanted it back then,' she said, unfolding her napkin.

'But it tastes the same,' I insisted. 'It's the same . . .'

She turned away.
'No thank you.'

"I'm going to bed, and I'll leave you in the dark if that's what you want, but before I turn out the lights, I want to ask one question. I'm not asking you, I'm not asking myself, I'm asking the walls:

"Wouldn't that stubborn little girl have preferred living with a father who was happier?"

Je l'aimais

À Constance

—Qu'est-ce que tu dis?

—Je dis que je vais les emmener. Ça leur fera du bien de partir un peu...

—Mais quand? a demandé ma belle-mère.

—Maintenant.

—Maintenant? Tu n'y penses pas...

—J'y pense.

—Enfin, mais qu'est-ce que ça veut dire? Il est presque onze heures! Pierre, tu...

—Suzanne, c'est à Chloé que je parle, Chloé, écoute-moi. J'ai envie de vous emmener loin d'ici. Tu veux bien?

—...

—Tu crois que c'est une mauvaise idée?

—Je ne sais pas.

—Va chercher tes affaires. Nous partirons quand tu reviendras :

—Je n'ai pas envie d'aller chez moi.

—Alors n'y va pas. On se débrouillera sur place.

—Mais vous ne...

—Chloé, Chloé, s'il te plaît... Fais-moi confiance.

Ma belle-mére protestait encore :

—Mais enfin! Vous n'allez pas réveiller les petites maintenant quand même! La maison n'est même pas chauffée! Il n'y a rien là-bas! Il n'y a rien pour elles! Elles...

Il s'était levé.

. . .

Marion dort dans son siège auto, le pouce au bord des lèvres. Lucie est roulée en boule à côté.

Je regarde mon beau-père. Il se tient droit. Ses mains agrippent le volant. Il n'a pas dit un seul mot depuis que nous sommes partis. Je vois son profil quand nous croisons les feux d'une autre voiture. Je crois qu'il est aussi malheureux que moi. Qu'il est fatigué. Qu'il est déçu.

Il sent mon regard :

—Pourquoi tu ne dors pas? Tu devrais dormir tu sais,

tu devrais abaisser ton siège et t'endormir. La route est encore longue...

—Je ne peux pas, je lui réponds, je veille sur vous.

Il me sourit. C'est à peine un sourire.

—Non... c'est moi.

Et nous retournons dans nos pensées.

Et je pleure derrière mes mains.

Nous sommes garés devant une station-service. Je profite de son absence pour interroger mon portable.

Aucun message.

Bien sûr.

Suis-je bête.

Suis-je bête...

J'allume la radio, je l'éteins.

Il revient.

—Tu veux y aller? Tu veux quelque chose?

J'acquiesce.

Je me trompe de bouton, mon gobelet se remplit d'un liquide écœurant que je jette aussitôt.

Dans la boutique, j'achète un paquet de couches pour Lucie et une brosse à dents pour moi.

Il refuse de démarrer tant que je n'ai pas baissé mon dossier.

. . .

J'ai rouvert les yeux quand il a coupé le moteur.

—Ne bouge pas. Reste là avec les filles tant qu'il fait encore chaud. Je vais brancher les radiateurs électriques dans votre chambre. Je reviendrai vous chercher.

Encore prié mon portable.

À quatre heures du matin...

Suis-je bête.

Impossible de me rendormir.

Nous sommes toutes les trois couchées dans le lit de la grand-mère d'Adrien. Celui qui grince affreusement. C'était le nôtre.

Nous faisions l'amour en remuant le moins possible.

Toute la maison savait quand vous bougiez un bras ou une jambe. Je me souviens des sous-entendus de Christine lorsque nous étions descendus le premier matin. Nous rougissions au-dessus de nos bols et nous nous tenions la main sous la table.

Nous avions retenu la leçon. Nous nous prenions le plus discrètement du monde.

Je sais qu'il va revenir dans ce lit avec une autre que moi, et qu'avec elle aussi, il soulèvera ce gros matelas et le jettera par terre quand ils n'en pourront plus.

C'est Marion qui nous réveille. Elle fait courir sa poupée sur l'édredon en racontant une histoire de sucettes envolées. Lucie touche mes cils : «Tes yeux sont tout collés.»

Nous nous habillons sous les draps parce qu'il fait trop froid dans la chambre.

Le lit qui gémit les fait rire.

Mon beau-père a allumé un feu dans la cuisine. Je l'aperçois au fond du jardin qui cherche des bûches sous l'appentis.

C'est la première fois que je me retrouve seule avec lui.

Je ne me suis jamais sentie à l'aise en sa compagnie. Trop distant. Trop mutique. Et puis tout ce qu'Adrien m'en a dit, la difficulté de grandir sous son regard, sa dureté, ses colères, les galères de l'école.

Pareil avec Suzanne. Je n'ai jamais rien vu d'affectueux entre eux. «Pierre n'est pas très démonstratif, mais je sais ce qu'il éprouve pour moi», m'avait-elle confié un jour alors que nous parlions d'amour en équeutant les haricots.

Je hochais la tête mais je ne comprenais pas. Je ne comprenais pas cet homme qui s'économisait et réfrénait ses élans. Ne rien montrer de peur de se sentir affaibli, je n'ai jamais pu comprendre ça. Chez moi, on se touche et on s'embrasse comme on respire.

Je me souviens d'une soirée houleuse dans cette cuisine... Ma belle-sœur Christine se plaignait des profs de ses enfants, les disait incompétents et bornés. De là, la conversation avait glissé sur l'éducation en général et puis la leur en particulier. Et le vent avait tourné. Insidieusement. La cuisine s'était transformée en tribunal. Adrien et sa sœur en procureurs, et, dans le box des accusés, leur père. Quels moments pénibles... Si encore la marmite avait explosé, mais non. Les aigreurs avaient été refoulées et l'on avait évité le gros clash en se contentant de lancer quelques piques assassines.

Comme toujours.

Comment cela eût-il été possible de toute façon? Mon beau-père refusait de descendre dans l'arène. Il écoutait les remarques acerbes de ses enfants sans jamais y répondre. «Vos critiques glissent sur moi comme sur les plumes d'un canard», concluait-il toujours en souriant et avant de prendre congé.

Cette fois pourtant, la discussion avait été plus âpre.

Je revois encore son visage crispé, ses mains refermées sur la carafe d'eau comme s'il avait voulu la briser sous nos yeux.

J'imaginais toutes ces paroles qu'il ne prononcerait jamais et j'essayais de comprendre. Que saisissait-il exactement? À quoi pensait-il quand il était seul? Et comment était-il dans l'intimité?

En désespoir de cause, Christine s'était tournée vers moi :

—Et toi, Chloé, qu'est-ce que tu dis de tout ça?

J'étais fatiguée, je voulais que cette soirée se termine. J'en avais eu ma dose de leurs histoires de famille.

—Moi... avais-je ajouté pensive, moi, je crois que Pierre ne vit pas parmi nous, je veux dire pas vraiment, je crois que c'est une espèce de Martien perdu dans la famille Dippel...

Les autres avaient haussé les épaules et s'étaient détournés. Mais pas lui.

Lui avait relâche la carafe et son visage s'étai ouvert pour me sourire. C'était la première fois que je le voyais sourire de cette manière. La dernière aussi peut-être. Il me semble qu'une certaine complicité est née ce soir-là...

Quelque chose de très ténu. J'avais essayé de le défendre comme je pouvais, mon drôle de Martien aux cheveux gris qui s'avance maintenant vers la porte de la cuisine en poussant devant lui une brouette pleine de bois.

. . .

—Ça va? Tu n'as pas froid?

—Ça va, ça va, je vous remercie.

—Et les petites?

—Elles regardent leurs dessins animés.

—Il y a des dessins animés à cette heure-là?

—Pendant les vacances scolaires, il y en a tous les matins.

—Ah... parfait. Tu as trouvé le café?

—Oui, oui, merci.

—Et toi, Chloé? À propos de vacances, tu ne dois pas...

—Appeler ma boîte?

—Oui, enfin, je n'en sais rien.

—Si, si, je vais le faire, je...

Je me suis remise à pleurer.

Mon beau-père a baissé les yeux. Il enlevait ses gants.

—Excuse-moi, je me mêle de ce qui ne me regarde pas.

—Non, non, c'est pas ça, c'est juste que... Je me sens perdue. Je suis complètement perdue... Je... vous avez raison, je vais appeler mon chef.

—Qui est-ce, ton chef?

—Une amie, enfin je crois, je vais voir...

J'ai attaché mes cheveux avec un vieux chouchou de Lucie qui traînait dans ma poche.

—Tu n'as qu'à lui dire que tu prends quelques jours de repos pour t'occuper de ton vieux beau-père acariâtre ... suggéra-t-il.

—Oui... Je vais dire acariâtre *et* impotent. Ça fait plus sérieux.

Il souriait en soufflant sur sa tasse.

Laure n'était pas là. J'ai bafouillé trois mots à son assistante qui avait un appel sur l'autre ligne.

Aussi appelé chez moi. Composé le code du répondeur. Des messages sans importance.

Qu'allais-je donc imaginer?

Et de nouveau, les larmes sont venues. Mon beau-père est entré et reparti aussitôt.

Je me disais : «Allez, il faut pleurer une bonne fois pour toutes. Tarir les larmes, presser l'éponge, essorer ce grand corps triste et puis tourner la page. Penser à autre chose. Mettre un pied devant l'autre et tout recommencer.»

On me l'a dit cent fois. Mais pense à autre chose. La vie continue. Pense à tes filles. Tu n'as pas le droit de te laisser aller. Secoue-toi.

Oui, je sais, je le sais bien, mais comprenez-moi : je n'y arrive pas.

D'abord qu'est-ce que ça veut dire, vivre? Qu'est-ce que ça veut dire?

Mes enfants, mais qu'ai-je à leur offrir? Une maman qui boite? Un monde à l'envers?

Je veux bien me lever le matin, m'habiller, me nourrir, les habiller, les nourrir, tenir jus-qu'au soir et les coucher en les embrassant. Je peux le faire. Tout le monde peut. Mais pas plus.

De grâce.

Pas plus.

—Maman!

—Oui, ai-je répondu en me mouchant dans ma manche.

—Maman!

—Je suis là, je suis là...

Lucie se tenait devant moi, en chemise de nuit sous son manteau. Elle faisait tourner sa Barbie en la tenant par les cheveux.

—Tu sais ce qu'il a dit Papy?

—Non?

—Il a dit qu'on irait manger au McDonald's.

—Je ne te crois pas, ai-je répondu.

—Eh bien si, c'est vrai! C'est même lui qui nous l'a dit.

—Quand?

—Tout à l'heure.

—Mais je croyais qu'il détestait ça le McDo...

—Nan, il déteste pas ça. Il a dit qu'on ferait les courses et qu'après, on irait tous au McDonald's, même toi, même Marion, même moi et même lui!

Elle a pris ma main pendant que nous montions les escaliers.

—Tu sais que j'en ai presque pas des habits ici. On les a tous oubliés à Paris...

—C'est vrai, ai-je admis, on a tout oublié.

—Alors tu sais ce qu'il a dit Papy?

—Non.

—Il a dit à Marion et à moi qu'il allait nous en acheter quand on ferait des courses. Des habits qu'on pourrait choisir nous-mêmes...

—Ah bon?

Je changeais Marion en lui chatouillant le ventre.

Pendant ce temps, Lucie, assise au bord du lit, continuait d'aller lentement là où elle voulait en venir.

—Et il a dit qu'il était d'accord...

—D'accord pour quoi?

—D'accord pour tout ce que je lui ai demandé...

Malheur.

—Tu lui as demandé quoi?

—Des habits de Barbie.

—Pour ta Barbie?

—Pour ma Barbie et pour moi. Les mêmes pour nous deux!

—Tu veux dire ces horreurs de tee-shirts qui brillent!?

—Oui, et même tout ce qui va avec : le jean rose, les baskets roses avec marqué Barbie dessus, les chaussettes avec le petit nœud... Tu sais... là... Le petit nœud derrière...

Elle me désignait sa cheville.

Je reposais Marion.

—Souperrrbe, lui ai-je dit, tou vas êtrre soupper-rrrrrrrrrbe!!!

Sa bouche se tordait.

—De toute façon, tous les trucs beaux, tu les trouves moches...

Je riais, j'embrassais son adorable moue.

Elle enfilait sa robe en rêvant.

—Je vais être belle, hein?

—Tu es déjà belle, ma puce, tu es déjà très très belle.

—Oui, mais là, encore plus...

—Tu crois que c'est possible?

Elle a réfléchi.

—Oui, je crois...

—Allez, tourne-toi.

Les filles, quelle belle invention, pensais-je en la coiffant, quelle belle invention...

Alors que nous faisions la queue devant les caisses, mon beau-père m'a avoué qu'il n'avait pas mis les pieds dans une grande surface depuis plus de dix ans.

J'ai pensé à Suzanne.

Toujours toute seule derrière son chariot.

Toujours toute seule partout.

Après leurs nuggets, les filles ont joué dans une espèce de cage remplie de boules multicolores. Un jeune homme leur avait demandé d'enlever leurs chaussures et je tenais les monstrueuses baskets *«You're a Barbie girl!»* de Lucie sur mes genoux.

Le pire, c'était cette espèce de talon compensé transparent...

—Comment avez-vous pu acheter des horreurs pareilles?

—Ça lui fait tellement plaisir... J'essaie de ne pas refaire les mêmes erreurs avec la nouvelle génération... Tu vois, c'est comme cet endroit... Jamais je ne serais venu ici avec Christine et Adrien si ça avait été possible il y a trente ans. Jamais! Et pourquoi, me dis-je aujourd'hui, pourquoi les avoir privés de ce genre de plaisir? Qu'est-ce que ça m'aurait coûté après tout? Un mauvais quart d'heure? Qu'est-ce qu'un mauvais quart d'heure comparé aux visages écarlates de tes gamines?

—J'ai tout fait à l'envers, ajouta-t-il en secouant la tête, et même ce foutu sandwich, je le tiens à l'envers, non?

Il avait de la mayonnaise plein le pantalon.

—Chloé?

—Oui.

—Je voudrais que tu manges... Excuse-moi de te parler comme Suzanne tu n'as rien mangé depuis hier...

—Je n'y arrive pas.

Il s'était repris.

—Comment veux-tu manger une cochonnerie pareille de toute façon?! Qui peut manger ça? Hein? Dis-le moi. Qui? Personne!

J'essayais de sourire.

—Bon, je te permets de faire la diète encore maintenant, mais ce soir, fini! Ce soir, c'est moi qui prépare le dîner et tu seras obligée d'y faire honneur, c'est compris?

—C'est compris.

—Et ça? Ça se mange comment, ce truc de cosmonaute?

Il me désignait une improbable salade dans un shaker en plastique.

. . .

Nous avons passé le reste de l'aprés-midi dans le jardin. Les filles papillonnaient autour de leur grand-père qui s'était mis en tête de rafistoler la vieille balançoire. Je les regardais de loin, assise sur les marches du perron. Il faisait froid, il faisait beau. Le soleil brillait à travers leurs cheveux et je les trouvais jolies.

Je pensais à Adrien. Qu'était-il en train de faire?

Où était-il à cet instant précis?

Et avec qui?

Et notre vie, à quoi allait-elle ressembler?

Chaque pensée me tirait un peu plus vers le fond. J'étais si fatiguée. J'ai fermé les yeux. Je rêvais qu'il arrivait. On entendait le bruit d'un moteur dans la cour, il s'asseyait près de moi, il m'embrassait et posait un doigt sur ma bouche pour faire une surprise aux filles. Je peux encore sentir sa douceur dans mon cou, sa voix, sa chaleur, l'odeur de sa peau, tout est là.

Tout est là...

Il suffit d'y penser.

Au bout de combien de temps oublie-t-on l'odeur de celui qui vous a aimée? Et quand cesse-t-on d'aimer à son tour?

Qu'on me tende un sablier.

La dernière fois que nous nous sommes enlacés, c'était moi qui l'embrassais. C'était dans l'ascenseur de la rue de Flandre.

Il s'était laissé faire.

Pourquoi? Pourquoi s'était-il laissé embrasseur par une femme qu'il n'aimait plus? Pourquoi m'avoir donné sa bouche? Et ses bras?

Ça n'a pas de sens.

La balançoire est réparée. Pierre me jette un coup d'œil. Je tourne la tête. Je n'ai pas envie de croiser son regard. J'ai froid, de la morve plein les lèvres et puis je dois aller chauffer la salle de bains.

—Qu'est-ce que je peux faire pour vous aider?

Il avait noué un torchon autour de ses hanches.

—Lucie et Marion sont couchées?

—Oui.

—Elles n'auront pas froid?

—Non, non, elles sont très bien. Dites-moi plutôt ce que je peux faire...

—Tu pourrais pleurer sans que je ne m'en trouve mortifié pour une fois... Ça me ferait du bien de te voir pleurer sans raison. Tiens, coupe-moi ça, ajouta-t-il en me tendant trois oignons.

—Vous trouvez que je pleure trop?

—Oui.

Silence.

J'ai attrapé la planche en bois près de l'évier et je me

suis assise en face de lui. Son visage était de nouveau con-
tracté. On entendait seulement les bruits du feu.

—Ce n'est pas ce que j'ai voulu dire...

   —Pardon?

   —Ce n'est pas ce que j'ai voulu dire, je ne pense pas
que tu pleures trop, je suis juste accablé. Tu es si mignonne
quand tu souris...

—Tu veux boire quelque chose?

   J'ai hoché la tête.

—On va attendre qu'il se réchauffe un peu, ce serait
dommage... Tu veux un Bushmills, en attendant?

   —Non merci.

   —Et pourquoi?

   —Je n'aime pas le whisky.

   —Malheureuse! Ça n'a rien à voir! Goûte-moi ça...

   J'ai porté le verre à mes lèvres et j'ai trouvé ça infâme.
Je n'avais rien mangé depuis des jours, j'étais ivre. Mon
couteau glissait sur la peau des oignons et ma nuque s'é-
tait volatilisée. J'allais me couper un doigt. J'étais bien.

—Il est bon, hein? C'est Patrick Frendall qui me l'a offert
pour mes soixante ans. Tu te souviens de Patrick Frendall?

   —Euh... non.

—Si, si, je crois que tu l'as déjà vu ici, tu ne te souviens pas? Un type immense avec des bras gigantesques...

—Celui qui avait lancé Lucie dans les airs jusqu'à ce qu'elle manque de vomir?

—Exact, répondit Pierre en me resservant un verre.

—Oui, je me souviens...

—Je l'aime beaucoup, je pense à lui très souvent... C'est étrange, je le considère comme l'un de mes meilleurs amis alors que je le connais à peine...

—Vous avez des meilleurs amis, vous?

—Pourquoi tu me demandes ça?

—Comme ça. Enfin... Je n'en sais rien. Je ne vous ai jamais entendu en parler.

Mon beau-père s'appliquait sur ses rondelles de carottes. C'est toujours amusant de regarder un homme qui fait la cuisine pour la première fois de sa vie. Cette façon de suivre la recette à la virgule près comme si Ginette Mathiot était une déesse très susceptible.

—Il y a marqué «couper les carottes en rondelles de taille moyenne», tu crois que ça ira comme ça?

—C'est parfait!

Je riais. Sans nuque, ma tête dodelinait sur mes épaules.

—Merci... Où en étais-je déjà? Au oui, mes amis... En fait, j'en ai eu trois... Patrick, que j'ai connu pendant un voyage à Rome. Une bondieuserie de ma paroisse... Mon premier voyage sans les parents... J'avais quinze ans. Je ne comprenais rien de ce que me baragouinait cet Irlandais qui faisait deux fois ma taille mais nous nous sommes acoquinés tout de suite. Il avait été élevé par les gens les plus catholiques du monde, je sortais tout juste de l'étouffoir familial... Deux jeunes chiens lâchés dans la Ville éternelle... Quel pèlerinage!...

Il en frissonnait encore.

Il faisait revenir les oignons et les carottes dans une cocotte avec des morceaux de poitrine fumée, ça sentait très bon.

—Et puis Jean Théron, que tu connais, et mon frère, Paul, que tu n'as jamais vu puis-qu'il est mort en 56...

—Vous considériez votre frère comme votre meilleur ami?

—Il était plus que ça encore... Toi, Chloé, telle que je te connais, tu l'aurais adoré. C'était un garçon fin, drôle, attentif aux uns et aux autres, toujours gai. Il peignait... Je te montrerai ses aquarelles demain, elles sont dans mon bureau. Il connaissait le chant de tous les oiseaux. Il était taquin sans jamais blesser personne. C'était un garçon charmant. Vraiment charmant. D'ailleurs tout le monde l'adorait...

—De quoi est-il mort?

Mon beau-père s'était retourné.

—Il est allé en Indochine. Il en est revenu malade et à moitié fou. Il est mort de la tuberculose le 14 juillet 1956.

. . .

—Inutile de te dire qu'après ça, mes parents n'ont plus jamais regardé un seul défilé de leur vie. Les bals et les feux d'artifice aussi, pour eux, c'était terminé.

Il ajoutait les morceaux de viande et les tournait dans tous les sens pour les faire dorer.

—Le pire, vois-tu, c'est qu'il était engagé volontaire... À cette époque, il faisait des études. Il était brillant. Il voulait travailler à l'O.N.F. Il aimait les arbres et les oiseaux. Il n'aurait pas dû aller là-bas. Il n'avait aucune raison d'y aller. Aucune. C'était un homme doux, pacifiste, qui citait Giono et qui...

—Alors pourquoi?

—À cause d'une fille. Un chagrin d'amour bêta. N'importe quoi, même pas une fille d'ailleurs, une gamine. Une histoire absurde. En même temps que je te dis ça et à chaque fois que j'y pense, je suis effondré par l'inanité de nos vies. Un bon garçon qui part à la guerre à cause d'une demoiselle boudeuse, c'est grotesque. On lit ça dans les romans de gare. C'est bon pour les mélos, des histoires pareilles!

—Elle ne l'aimait pas?

—Non. Mais Paul en était fou. Il l'adorait. Il la connaissait depuis qu'elle avait douze ans, lui écrivait des lettres qu'elle ne devait même pas comprendre. Il est parti à la guerre comme on crâne. Pour qu'elle voie quel homme c'était! La veille de son départ encore, il fanfaronnait, cet âne : «Quand elle vous la réclamera, ne lui donnez pas mon adresse tout de suite, je veux que ce soit moi qui lui écrive le premier... » Et trois mois plus tard, elle se fiançait au fils du boucher de la rue de Passy.

Il a secoué une dizaine d'épices différentes, tout ce qu'il a pu trouver dans les placards.

Je ne sais pas ce que Ginette en aurait pensé...

—Un grand garçon falot qui passait ses journées à désosser des morceaux de viande dans l'arrière-boutique de son père. Quel choc pour nous, tu imagines. Elle avait éconduit notre Paul pour ce grand dadais. Il était là-bas, à l'autre bout du monde, il était probablement en train de penser à elle, de lui composer des vers, cet idiot, et elle, elle ne songeait qu'aux sorties du samedi soir avec ce lourdaud qui avait le droit d'emprunter la voiture de son papa. Une Frégate bleu ciel, je me souviens... Bien sûr, elle était libre de ne pas l'aimer, bien sûr, mais Paul était trop exalté, il ne pouvait rien faire sans bravoure, sans... sans brio. Quel gâchis...

—Et ensuite?

—Ensuite, rien. Paul est revenu et ma mère a changé de boucher. Il a passé beaucoup de temps dans cette maison dont il ne sortait presque plus. Il dessinait, il lisait, se plaignait de ne plus pouvoir dormir. Il souffrait beaucoup, toussait sans cesse, et puis il est mort. À vingt et un ans.

—Vous n'en parlez jamais...

—Non.

—Pourquoi?

—J'aimais en parler avec des gens qui l'avaient connu, c'était plus simple...

J'ai écarté ma chaise de la table.

—Je vais mettre le couvert. Où voulez-vous dîner?

—Ici, dans la cuisine, c'est très bien.

Il a éteint la grande lumière et nous nous sommes assis l'un en face de l'autre.

—C'est délicieux.

—Tu le penses vraiment? Il me semble que c'est un peu cuit, non?

—Non, non, je vous assure, c'est parfait.

—Tu es trop bonne.

—C'est votre vin qui est bon. Parlez-moi de Rome...

—De la ville?

—Non, de ce pèlerinage... Comment étiez-vous quand vous aviez quinze ans?

—Oh... Comment j'étais? J'étais le garçon le plus niais du monde. J'essayais de suivre les grandes enjambées de Frendall. Je tirais la langue, lui parlais de Paris, du Moulin-Rouge, affirmais n'importe quoi, mentais effrontément. Il riait, répondait des choses que je ne comprenais pas non plus et je riais à mon tour. Nous passions notre temps à voler des pièces dans les fontaines et à ricaner dès que nous croisions une personne du sexe opposé. Nous étions vraiment pathétiques quand j'y repense... Je ne me souviens plus aujourd'hui du but de ce pèlerinage. Il y avait sûrement une bonne cause à la clé, une intention de prière, comme on dit... Je ne sais plus... Ce fut pour moi une énorme bouffée d'oxygène. Ces quelques jours ont changé ma vie. J'avais découvert le goût de la liberté. C'était comme de... Je te ressers?

—Volontiers.

—Il fallait voir le contexte aussi... Nous venions de faire semblant de gagner une guerre. Le fond de l'air était plein d'aigreur. Nous ne pouvions évoquer quelqu'un, un voisin, un commerçant, les parents d'un camarade, sans que mon père ne le range aussitôt dans un petit tiroir : délateur ou dénoncé, lâche ou bon à rien. C'était affreux. Tu ne peux pas l'imaginer, mais crois-moi, c'est affreux pour des gosses... D'ailleurs nous ne lui adressions plus la parole... ou si peu... Le minimum filial probablement... Un jour quand même, je lui ai demandé : «Si elle était si moche votre humanité, pourquoi vous vous êtes battus pour elle alors?»

—Qu'est-ce qu'il a répondu?

—Rien... du mépris.

—Merci, merci, c'est trop!

—Je vivais au premier étage d'un immeuble tout gris, au fin fond du seizième arrondissement. C'était d'un triste... Mes parents n'avaient pas les moyens d'habiter là, mais il y avait le prestige de l'adresse tu comprends. Le seizième! Nous étions à l'étroit dans un appartement sinistre où le soleil n'entrait jamais et ma mère défendait qu'on ouvre les fenêtres parce qu'il y avait un dépôt d'autobus juste en dessous. Elle craignait que ses rideaux ne... ne devinssent noirs... oh, oh, ce gentil bordeaux me fait conjuguer les verbes à l'imparfait du subjonctif, c'est étonnant! Je m'ennuyais affreusement. J'étais trop jeune pour intéresser mon père et ma mère papillonnait.

Elle sortait beaucoup. «Du temps consacré à la paroisse», disait-elle en levant les yeux au ciel. Elle en faisait trop, s'agaçait de la bêtise de certaines femmes pieuses qu'elle inventait de toutes pièces, enlevait ses gants, les jetait sur la console de l'entrée comme on rendrait enfin son tablier, soupirait, virevoltait, jacassait, mentait, s'embrouillait quelquefois. Nous la laissions dire. Paul l'appelait Sarah Bernhardt et mon père reprenait la lecture de son *Figaro* sans faire de commentaires quand elle quittait la pièce... Des pommes de terre?

—Non merci.

—J'étais demi-pensionnaire à Janson-de-Sailly. J'étais aussi gris que mon immeuble. Je lisais *Cœurs vaillants* et les aventures de Flash Gordon. Je jouais au tennis avec les fils Mortellier tous les jeudis. Je... J'étais un enfant très sage et sans aucun intérêt. Je rêvais de prendre l'ascenseur et de monter au sixième étage pour voir... Tu parles d'une aventure... Monter au sixième étage! Quel benêt, je te jure...

J'attendais Patrick Frendall.

J'attendais le Pape!

Il s'était levé pour activer le feu.

—Enfin... Ce n'était pas la révolution... Une récréation tout au plus. J'ai toujours cru que j'allais... comment dire... dételer un jour. Mais non. Jamais. Je suis resté cet enfant très sage et sans intérêt. Pourquoi est-ce que je te raconte tout ça, au fait? Mais pourquoi suis-je si bavard tout à coup?

—C'est moi qui vous l'ai demandé...

—Enfin... Mais ce n'est pas une raison! Je ne te casse pas les pieds avec ma petite boutique de nostalgie?

—Non, non, au contraire, j'aime bien...

. . .

Le lendemain matin, j'ai trouvé un mot sur la table de la cuisine : «A/R bureau».

Il y avait du café chaud et une énorme bûche posée sur les chenets.

Pourquoi ne m'avait-il pas prévenue de son départ?

Quel homme étrange... Comme un poisson... Qui s'esquive toujours et vous glisse entre les mains...

Je me suis servi un grand bol de café et l'ai bu debout, l'épaule contre le fenêtre de la cuisine. Je regardais les rouges-gorges qui s'affolaient autour du bloc de saindoux que les filles avaient déposé sur le banc hier.

Le soleil montait à peine au-dessus de la haie.

J'attendais qu'elles se lèvent. La maison était trop calme.

J'avais envie d'une cigarette. C'était idiot, je ne fumais plus depuis des années. Oui mais voilà, c'est comme ça la vie... Vous faites preuve d'une volonté formidable et puis un matin d'hiver, vous décidez de marcher quatre kilomètres dans le froid pour racheter un paquet de cigarettes ou alors, vous aimez un homme, avec lui vous fabriquez deux enfants et un matin d'hiver, vous apprenez qu'il s'en va parce qu'il en aime une autre. Ajoute qu'il est confus, qu'il s'est trompé.

Comme au téléphone : «Excusez-moi, c'est une erreur.»

Mais je vous en prie...

Une bulle de savon.

Il y a du vent. Je sors pour mettre le sain-doux à l'abri.

Je regarde la télé avec les filles. Je suis accablée. Les héros de leurs dessins animés me paraissent niais et capricieux. Lucie s'agace, secoue la tête, me prie de me taire. J'ai envie de lui parler de Candy.

Moi, quand j'étais petite, j'étais accro à Candy.

Candy ne parlait jamais d'argent. Que d'amour. Et puis je me suis tue. Pour ce que ça m'aura servi de faire comme cette greluche de Candy...

Le vent souffle de plus en plus. J'abandonne l'idée d'aller au village.

Nous passons l'après-midi dans le grenier. Les filles se déguisent. Lucie agite un éventail devant le visage de sa sœur :

—Vous avez trop chaud, madame la comtesse?

Madame la comtesse ne peut pas bouger. Elle a trop de chapeaux sur la tête.

—Nous descendons un vieux berceau. Lucie dit qu'il faut le repeindre.

—En rose? je lui demande.

—Comment tu as deviné?

—Je suis très forte.

Le téléphone sonne. Lucie va répondre.

À la fin, je l'entends qui demande :

—Tu veux parler à maman maintenant?

Elle raccroche un peu après. Ne revient pas avec nous.

Je continue de dégarnir le lit d'enfant avec Marion.

Je la retrouve en descendant dans la cuisine. Elle a posé son menton sur la table. Je m'assieds à côté d'elle.

Nous nous regardons.

—Est-ce qu'un jour, toi et papa vous serez encore des amoureux?

—Non.

—Tu en es sûre?

—Oui.

—De toute façon, je le savais déjà...

Elle s'est levée et a ajouté :

—Tu sais ce que je voulais te dire aussi?

—Non. Quoi?

—Eh bien que les oiseaux, ils ont tout mangé déjà...

—C'est vrai? Tu es sûre?

—Oui, viens voir...

Elle a contourné la table et pris ma main.

Nous étions devant la fenêtre. Il y avait cette petite fille blonde à côté de moi. Elle portait un vieux plastron de smoking et un jupon mangé par les mites. Ses *«You're a Barbie girl!»* tenaient dans les bottines de son arrière-grand-mère. Ma grande main de maman faisait tout le tour de la sienne. Nous regardions les arbres du jardin ployer sous le vent et devions probablement penser la même chose...

La salle de bains est si froide que je n'arrive pas à sortir les épaules de l'eau. Lucie nous a shampouinées en nous inventant toutes sortes de coiffures vertigineuses. «Regardetoi, Maman! Tu as des cornes sur la tête!»

Je le savais déjà.

Ce n'était pas très drôle, mais ça m'a fait rire.

—Pourquoi tu ris?

—Parce que je suis bête.

—Pourquoi tu es bête?

Nous nous sommes séchées en dansant.

Chemises de nuit, chaussettes, chaussures, pulls, robes de chambre et pulls encore.

Mes Bibendum sont descendus manger leur soupe.

Le courant a sauté alors que Babar jouait avec l'ascenseur d'un grand magasin sous l'œil courroucé du groom. Marion s'est mise à pleurer.

—Attendez-moi, je vais remettre la lumière.

—Ouh! ouhouhouhouh...

—Arrête Barbie girl, tu fais pleurer ta sœur.

—Ne m'appelle pas Barbie girl!

—Alors arrête.

Ce n'était pas le disjoncteur, ni les plombs. Les volets claquaient, les portes gémissaient et toute la maison était plongée dans l'obscurité.

Sœurs Brontë, priez pour nous.

Je me demandais quand Pierre allait rentrer.

J'ai descendu le matelas des filles dans la cuisine. Sans radiateur électrique, il était impensable de les laisser dormir là-haut. Elles étaient excitées comme des puces. Nous avons repoussé la table et posé leur lit de fortune près de la cheminée.

Je suis allée m'allonger entre elles deux.

—Et Babar? Tu nous l'as pas fini...

—Chut, Marion, chut! Regarde plutôt devant toi. Regarde le feu. C'est lui qui va te raconter des histoires...

—Oui mais...

—Chut...

Elles se sont endormies tout de suite.

. . .

J'écoutais les bruits de la maison. Mon nez me piquait et je me frottais les yeux pour ne pas pleurer.

Ma vie est comme ce lit, pensais-je encore. Fragile. Incertaine. Suspendue.

Je guettais le moment où la maison allait s'envoler.

Je pensais que j'étais larguée.

C'est drôle comme les expressions ne sont pas seulement des expressions. Il faut avoir eu très peur pour comprendre «sueurs froides» ou avoir été très angoissé pour que «des nœuds dans le ventre» rende tout son jus, non?

«Larguée», c'est pareil. C'est merveilleux comme expression. Qui a trouvé ça?

Larguer les amarres.

Détacher la bonne femme.

Prendre le large, déployer ses ailes d'albatros et baiser sous d'autres latitudes.

Non, vraiment, on ne saurait mieux dire...

Je deviens mauvaise, c'est bon signe. Encore quelques semaines et je serai bien laide.

Parce que le piège, justement, c'est de croire qu'on est amarré. On prend des décisions, des crédits, des engagements et puis quelques risques aussi. On achète des maisons, on met des bébés dans des chambres toutes roses et on dort toutes les nuits enlacés. On s'émerveille de cette... Comment disait-on déjà? De cette *complicité*. Oui, c'était ça qu'on disait, quand on était heureux. Ou quand on l'était moins...

Le piège, c'est de penser qu'on a le droit d'être heureux.

Nigauds que nous sommes. Assez naïfs pour croire une seconde que nous maîtrisons le cours de nos vies.

Le cours de nos vies nous échappe, mais ce n'est pas grave. Il n'a pas grand intérêt...

L'idéal, ce serait de le savoir plus tôt.

«Plus tôt» quand?

Plus tôt.

Avant de repeindre des chambres en rose, par exemple...

C'est Pierre qui a raison, pourquoi montrer sa faiblesse?

Pour prendre des coups?

Ma grand-mère disait souvent que c'était avec de bons petits plats qu'on retenait les gentils maris à la maison. Je suis loin du compte, Mamie, je suis loin du compte... D'abord je ne sais pas cuisiner et puis je n'ai jamais eu envie de retenir personne.

Eh bien, c'est réussi, ma petite fille!

Je me sers un peu de cognac pour fêter ça.

Une larme et puis dodo.

La journée suivante m'a semblé bien longue.

Nous sommes allées nous promener. Nous avons donné du pain aux chevaux du centre équestre et sommes restées un long moment avec eux. Marion est montée sur le dos du poney. Lucie n'a pas voulu.

J'avais l'impression de porter un sac à dos très lourd.

Le soir, c'était spectacle. J'ai de la chance, c'est tous les jours spectacle chez moi. Au programme cette fois : *La petite fille qui voulé pa sen nalé*. Elles se sont donné beaucoup de mal pour me distraire.

Je n'ai pas bien dormi.

Le lendemain matin, le cœur n'y était plus. Il faisait trop froid.

. . .

Les filles pleurnichaient sans cesse.

J'avais essayé de faire diversion en jouant aux hommes préhistoriques.

—Regardez bien comment les hommes préhistoriques s'y prenaient pour préparer leur bol de Nesquick... Ils mettaient la casserole de lait sur le feu, oui, exactement comme ça... Et leur tartine grillée? Rien de plus simple, le morceau de pain sur une grille et hop, au-dessus des flammes... Attention! pas trop longtemps, hein, sinon c'est du charbon. Qui veut jouer aux hommes préhistoriques avec moi?

Elles s'en fichaient, elles n'avaient pas faim. Ce qu'elles voulaient, c'était leur saloperie de télé.

Je me suis brûlée. Marion a pleuré en m'entendant crier et Lucie a renversé son bol sur le canapé.

Je me suis assise et j'ai pris ma tête entre mes mains.

Je rêvais de pouvoir la dévisser, de la poser par terre devant moi et de shooter dedans pour l'envoyer valdinguer le plus loin possible.

Tellement loin qu'on ne la retrouverait plus jamais.

Mais je ne sais même pas shooter.

Je taperais à côté, c'est sûr.

Pierre est arrivé à ce moment-là.

Il était désolé, expliquait qu'il n'avait pas pu me joindre plus tôt puisque la ligne était coupée et secouait un sac de croissants chauds sous le nez des filles.

Elles riaient. Marion cherchait sa main et Lucie lui proposait un café préhistorique.

—Un café préhistorique? Mais avec plaisir, madame Cro-Mignonne!

J'en avais les larmes aux yeux.

Il a posé sa main sur mon genou.

—Chloé... Ça va?

J'avais envie de lui dire, non, ça ne va pas du tout, mais j'étais si contente de le revoir que j'ai répondu le contraire.

—La boulangère a de la lumière, ce n'est donc pas une panne de secteur. Je vais aller voir ça de plus près... Eh, regardez les filles, il fait un temps magnifique! Habillez-vous, on va aller aux champignons. Avec ce qu'il a plu hier, on va en trouver plein!

«Les filles», c'était moi aussi... Nous avons monté les escaliers en gloussant.

Que c'est bon d'avoir huit ans.

Nous avons marché jusqu'au Moulin du Diable. Une bâtisse sinistre qui fait la joie des petits enfants depuis plusieurs générations.

Pierre a expliqué aux filles les trous dans le mur :

—Là, c'est un coup de corne... et là, ce sont les marques de ses sabots...

—Pourquoi il a donné des coups de sabots dans le mur?

—Ah... C'est une longue histoire... C'est parce qu'il était très énervé ce jour-là...

—Pourquoi il était très énervé ce jour-là?

—Parce que sa prisonnière s'était échapée.

—C'était qui, sa prisonnière?

—C'était la fille de la boulangère.

—La fille de madame Pécaut?

—Non, pas sa fille, voyons!! Son arrière-arrière-grand-mère plutôt.

—Ah?

J'ai montré aux filles comment fabriquer une mini-dînette avec des cupules de glands. Nous avons trouvé un nid d'oiseaux vide, des cailloux, des pommes de pin. Nous avons cueilli des coucous et cassé des branches de noisetier. Lucie a récupéré de la mousse pour ses poupées et Marion n'a pas quitté les épaules de son grand-père.

Nous avons rapporté deux champignons. Tous les deux suspects!

Sur le chemin du retour, on entendait le chant du merle et la voix intriguée d'une petite fille qui demandait :

—Mais pourquoi il avait capturé la grand-mère de madame Pécaut, le diable?

—Tu ne devines pas?

—Non.

—Parce qu'il était très gourmand, tiens!

Elle donnait des coups de bâton dans les fougères pour faire fuir le démon.

Et moi, dans quoi pourrais-je donner des coups de bâton?

. . .

—Chloé?

—Oui.

—Je voulais te dire... J'espère... Enfin plutôt je voudrais... Oui, c'est ça, je voudrais... Je voudrais que tu reviennes dans cette maison parce que... Je sais que tu l'aimes beaucoup... Tu as fait tellement de choses ici... Dans les chambres... Le jardin... Avant toi, il n'y avait pas de jardin tu sais? Promets-moi que tu reviendras. Avec ou sans les filles...

Je me suis tournée vers lui.

—Non, Pierre. Vous savez bien que non.

—Et ton rosier? Comment s'appelle-t-il déjà? Ce rosier que tu as planté l'année dernière...

—Cuisse de nymphe émue.

—Oui, c'est ça. Tu l'aimais tant...

—Non, c'est son nom que j'aimais bien... Écoutez, c'est déjà assez dur comme ça...

—Pardon, pardon.

—Mais vous? Vous vous en occuperez, vous?

—Bien sûr! Cuisse de nymphe émue, tu penses... Comment faire autrement?

Il se forçait un peu.

Sur le chemin du retour, nous avons croisé le vieux Marcel qui revenait du bourg. Son vélo zigzaguait dangereusement. Par quel miracle a-t-il réussi à stopper sa course devant nous sans tomber, nous ne le saurons jamais. Il a posé Lucie sur sa selle et nous a proposé le petit canon du soir.

Madame Marcel a embrassé les filles de la tête aux pieds et les a installées devant la télévision avec un paquet de bonbons sur les genoux. «Elle a la parabole, Maman! Tu te rends compte! Une chaîne avec que des dessins animés!»

Alléluia.

Aller tout au bout du monde, franchir des taillis, des haies, des fossés, se boucher le nez, traverser la cour du vieux Marcel et voir Télétoon en mâchant des fraises Tagada!

Quelquefois, la vie est magnifique...

La tempête, la vache folle, l'Europe, la chasse, les morts et les mourants... À un moment, Pierre a demandé :

—Dites, Marcel, vous vous souvenez de mon frère?

—De qui? De Paul? Je pense bien que j'm'en souviens de ce p'tit sagouin... Y m'rendait fou avec ses p'tit sifflets.

Y m'faisait croire n'importe quoi à la chasse! Y m'faisait croire à des oiseaux qui sont même pas de chez nous! Quel salopiot! Et les chiens qui dev'naient zinzins! Ah oui, que j'm'en souviens! C'était un bon p'tit gars... Y v'nait souvent en forêt avec le père... Y voulait tout qu'on lui montre, tout qu'on lui explique... Oh là là... Qu'est-ce qu'il a posé comme questions celui-là! Y disait qu'il voulait faire des études pour travailler dans les bois. J'me souviens, l'père lui répondait, mais t'as pas besoin d'études mon gars! Qu'est-ce qui pourront t'apprendre de plus que moi tes maîtres? Y répondait pas, y disait que c'était pour visiter toutes les forêts du monde, pour voir du pays, se promener en Afrique et en Russie mais qu'après, y reviendrait ici et qu'y nous raconterait tout.

Pierre l'écoutait en secouant la tête doucement, pour l'encourager à parler et à parler encore.

Madame Marcel s'était levée. Elle est revenue en nous tendant un carnet à dessins.

—Voilà ce que le petit Paul, enfin, je dis petit, il était plus si petit à l'époque, m'avait offert un jour pour me remercier de mes beignets d'acacia. Regardez, c'était mon chien.

À mesure qu'elle tournait les pages, on admirait les facéties d'un petit fox qu'on devinait gâté à mort et plus cabot que nature.

—Comment s'appelait-il? demandai-je.

—Il avait pas de nom, mais on disait toujours «Où qu'il est?» parce qu'y partait tout le temps... C'est de ça qu'il est mort d'ailleurs... Oh... Qu'est-ce qu'on l'aimait lui-là... Qu'est-ce qu'on l'aimait... De trop, de trop... C'est la première fois que je revois ces dessins depuis bien longtemps. D'habitude j'évite de fouiller là-dedans, ça me fait trop de morts d'un coup...

Les dessins étaient merveilleux. «Où qu'il est?» était un fox marron avec de longues moustaches noires et des sourcils broussailleux.

—Il a pris un coup de fusil... Y braconnait les bracos, l'imbécile...

Je me suis levée, il fallait repartir avant que la nuit ne soit complètement tombée.

. . .

—Mon frère est mort à cause de la pluie. Parce qu'ils l'ont posté trop longtemps sous la pluie, tu te rends compte?

Je n'ai rien répondu, trop occupée à regarder où je posais les pieds pour éviter les flaques.

Les filles sont allées au lit sans dîner. Trop de bonbons.

Babar a quitté la Vieille Dame. Elle reste seule. Elle pleure. Elle se demande : «Quand reverrai-je mon petit Babar?»

Pierre aussi est malheureux. Il est resté longtemps dans son bureau. Soi-disant pour retrouver les dessins de son frère. J'ai préparé le dîner. Des spaghettis avec des morceaux de gésiers confits par Suzanne.

Nous avions décidé de partir le lendemain en fin de matinée. C'était donc la dernière fois que je m'agitais dans cette cuisine.

Je l'aimais bien cette cuisine. J'ai jeté les pâtes dans l'eau bouillante en maudissant ma sensiblerie. «Je l'aimais bien cette cuisine...» Hé, mémère, t'en trouveras d'autres, des cuisines...

Je me brutalisais alors que j'avais des larmes plein les yeux, c'était idiot.

Il a posé une petite aquarelle sur la table. Une femme, de dos, lisait.

Elle était assise sur un banc de jardin. Sa tête était un peu penchée. Peut-être qu'elle ne lisait pas, peut-être qu'elle dormait ou qu'elle rêvait.

On reconnaissait la maison. Les marches du perron, les volets arrondis et la glycine blanche.

—C'est ma mère.

—Comment s'appelait-elle?

—Alice.

—...

—Elle est pour toi.

J'allais protester, mais il a fait les gros yeux et mis un doigt devant sa bouche. Pierre Dippel est un homme qui n'aime pas être contrarié.

—Il faut toujours vous obéir, n'est-ce pas?

Il ne m'écoutait pas.

—Est-ce qu'un jour, quelqu'un a déjà osé vous contre-dire? ajoutai-je en posant le dessin de Paul sur la cheminée.

—Pas quelqu'un. Toute ma vie.

Je me brûlai la langue.

. . .

Il s'était appuyé sur la table pour se relever.

—Bah... Que veux-tu boire, Chloé?

—Quelque chose qui rende gai.

. . .

Il est remonté de la cave avec deux bouteilles qu'il tenait contre lui comme des nouveau-nés.

—Château Chasse-Spleen... Avoue que c'est de circonstance... Tout à fait ce qu'il nous faut. J'en ai pris deux, une pour toi et une pour moi.

—Vous êtes fou! Vous devriez attendre une plus grande occasion...

—Une plus grande occasion que quoi?

Il approchait sa chaise de la cheminée.

—Que... Je ne sais pas... Que moi... Que nous... Que ce soir.

Il avait replié ses bras autour de lui pour réchauffer sa fortune.

—Mais, nous sommes une grande occasion, Chloé. Nous sommes la plus grande occasion du monde. Je viens dans cette maison depuis que je suis enfant, j'ai pris des milliers de repas dans cette cuisine et crois-moi, je sais reconnaître une grande occasion!

. . .

Ce petit ton suffisant, quel dommage.

Il me tournait le dos et regardait le feu sans bouger.

—Chloé, je n'ai pas envie que tu partes...

J'ai balancé les nouilles dans l'égouttoir et le torchon par-dessus.

—Vous m'énervez. Vous dites n'importe quoi. Vous ne pensez qu'à vous. Vous êtes fatigant à la fin. «Je ne veux pas que tu partes.» Mais pourquoi vous me dites un truc aussi stupide? Je vous rappelle que ce n'est pas moi qui m'en vais... Vous avez un fils, vous vous en souvenez? Un grand garçon. Eh bien, c'est lui qui est parti. C'est lui! Vous n'êtes pas au courant? Oh, c'est trop bête. Attendez, je vais vous la raconter, c'est une histoire amusante. Donc, c'était... C'était quand, déjà? Peu importe. Adrien, le merveilleux Adrien a fait ses valises l'autre jour. Mettez-vous à ma place, j'étais étonnée. Ah oui, parce que je ne vous ai pas dit, mais il se trouve que j'étais la femme de ce garçon. Vous savez, la femme, ce truc pratique qu'on em-mène partout et qui sourit quand on l'embrasse. Donc, j'étais surprise, vous imaginez... le voilà avec nos valises devant l'ascenseur de notre appartement qui se met à geindre en regardant sa montre. Il geint parce qu'il est très énervé, le pauvre biquet! L'ascenseur, les valises, bobonne et l'avion, quel casse-tête! Eh oui! Parce qu'il ne fallait pas le rater l'avion, il y avait la maîtresse dedans! Vous savez, la maîtresse, cette jeune femme impatiente qui vous agace un peu les nerfs. Pas le temps pour une scène de ménage, vous pensez... Et puis c'est d'un commun les scènes de ménage... Chez les Dippel, on ne vous a pas appris ça, hein? Les cris, les scènes, les mouvements d'humeur, c'est vulgaire, n'est-ce pas? Oh oui, c'est vulgaire. Chez les Dippel, c'est *never explain, never complain,* tout de suite, c'est autre chose. C'est la classe.

—Chloé, arrête ça tout de suite!

Je pleurais.

—Mais vous vous entendez? Vous entendez comme vous me parlez!? Mais je ne suis pas un chien, Pierre. Je ne suis pas votre chien, bon sang! Je l'ai laissé partir sans lui arracher les yeux, j'ai refermé la porte tout doucement et maintenant je suis là, je suis devant vous, devant mes gamines. J'assure. J'assure, vous comprenez? Vous comprenez ce mot-là? Qui a entendu mes youyous de désespoir, qui? Alors ne me faites pas pitié maintenant avec vos petites contrariétés. Vous ne voulez pas que je parte... Oh, Pierre... Je vais être obligée de vous désobéir... Oh, comme je le regrette... Comme je...

Il avait attrapé mes poignets es les serrait de toutes ses forces. Il tenait mes bras immobiles.

—Lâchez-moi! Vous me faites mal! Vous me faites tous mal dans cette famille! Pierre, lâchez-moi.

À peine avait-il desserré son étreinte que ma tête tombait sur son épaule.

—Vous me faites tous mal...

Je pleurais dans son cou oubliant à quel point il devait être mal à l'aise, lui qui ne touchait jamais personne, je pleurais en pensant quelquefois à mes spaghettis qui allaient être immangeables si je n'allais pas les décoller. Il disait «Allons, allons...» Il disait «Je te demande pardon.» Il disait encore «J'ai autant de chagrin que toi...» Il ne savait plus quoi faire de ses mains.

Finalement il s'est écarté pour mettre le couvert.

—À toi, Chloé.

J'ai cogné mon verre contre le sien.

—Oui, à moi, ai-je répété dans un sourire tout de travers.

—Tu es une fille formidable.

—Oui, formidable. Et puis solide, courageuse... Quoi d'autre encore?

—Drôle.

—Ah oui, j'allais oublier, drôle.

—Mais injuste.

—...

—Tu es injuste, n'est-ce pas?

—...

—Tu penses que je n'aime que moi?

—Oui.

—Alors tu n'es pas injuste, tu es bête.

Je lui tendais mon verre.

—Oui, ça, je le savais... Donnez-moi encore de ce merveilleux liquide.

—Tu penses que je suis un vieux con?

—Oui.

Je hochais la tête. Je n'étais pas mauvaise, j'étais malheureuse.

Il a soupiré.

—Pourquoi je suis un vieux con?

—Parce que vous n'aimez personne. Vous ne vous laissez jamais aller. Vous n'êtes jamais là. Jamais au milieu de nous. Jamais dans nos conversations et nos bêtises, jamais dans notre médiocrité de banquet. Parce que vous n'êtes pas tendre, parce que vous vous taisez toujours et que votre mutisme ressemble à du dédain. Parce que...

—Stop, stop, ça ira, merci.

—Excusez-moi, je réponds à votre question. Vous me demandez pourquoi vous êtes un vieux con, je vous réponds. Ceci étant dit, je ne trouve pas que vous soyez si vieux que ça...

—Tu es trop aimable...

—Je vous en prie.

Je lui montrais mes dents pour lui sourire tendrement.

· · ·

—Mais si j'étais comme tu le dis, pourquoi t'aurais-je amenée ici alors? Pourquoi tout ce temps passé avec vous et...

—Parce que, vous le savez très bien...

—Parce que quoi?

—Parce que votre sens de l'honneur. Cette coquetterie des bonnes familles. Depuis sept ans que je traîne dans vos pattes, c'est bien la première fois que vous vous intéressez à moi... Je vais vous dire ce que je pense. Je ne vous trouve ni bienveillant, ni charitable. Je suis lucide. Votre fils a fait une bêtise et vous, vous passez derrière, vous nettoyez, vous colmatez. Vous allez essayer de reboucher les lézardes comme vous pourrez. Parce que vous n'aimez pas ça les lézardes, hein Pierre? Oh non! vous n'aimez pas ça du tout...

Je vais vous dire, je pense que vous m'avez amenée ici pour sauver les apparences. Le petit a gaffé, bon, on serre les dents et on arrange les choses sans faire de commentaires. Dans le temps, vous alliez glisser une pièce aux bouseux quand la G.T.I. du petit merdeux avait encore mordu sur leurs semis et aujourd'hui vous aérez la belle-fille. J'attends le moment où vous allez prendre votre air douloureux pour m'annoncer que je peux compter sur vous. Financièrement, j'entends. Vous êtes un peu dans l'embarras, n'est-ce pas? Une grande fille comme moi, c'est plus compliqué à dédommager qu'un champ de betteraves...

Il se levait.

—Alors oui... C'était vrai... Tu es bête. Quelle affreuse découverte...

Tiens, donne-moi ton assiette.

Il était derrière mon dos.

—Tu me blesses à un point que tu n'imagines même pas. Plus que ça encore, tu me saignes. Mais, je te rassure, je ne t'en veux pas, je mets tout cela sur le compte de ton chagrin...

Il a posé une assiette fumante devant moi.

—Mais il y a une chose, quand même, que je ne peux pas te laisser dire impunément, une seule chose...

—Laquelle? fis-je en levant les yeux.

—Ne parle pas de betteraves s'il te plaît. Je te défie de trouver le moindre champ de betteraves à des kilomètres à la ronde...

Il était content de lui et plein de malice.

—Hum, c'est bon... Vous allez me regretter comme cuisinière pas vrai?

—Comme cuisinière, oui, mais pour le reste, merci bien... Tu m'as coupé l'appétit...

—Non?!

—Non.

—Vous m'avez fait peur!

—Il en faudrait plus que ça pour m'empêcher de goûter à ces merveilleuses pâtes...

Il a planté sa fourchette dans son assiette, et a soulevé un amas de spaghettis soudés.

—Humm, comment dit-on déjà?... *Al dente...*

Je riais.

—J'aime quand tu ris.

Nous sommes restés sans parler un long moment.

—Vous êtes fâché?

—Non, pas fâché, indécis plutôt...

—Je suis désolée.

—Tu vois, j'ai l'impression de me trouver devant quelque chose d'inextricable. Une sorte de nœud... Énorme...

—Je voul...

—Tais-toi, tais-toi. Laisse-moi parler. Il faut que je démêle tout ça maintenant. C'est très important. Je ne sais pas si tu peux me comprendre mais il faut que tu m'écoutes. Je dois tirer sur un fil, mais lequel? Je ne sais pas. Je ne sais pas par quoi ni par où commencer. Mon Dieu, c'est si compliqué... Si je tire sur le mauvais, ou si je tire trop fort, le nœud risque de se resserrer encore. De se resserrer si fort ou si mal qu'il n'y aura plus rien à faire et je te quitterai accablé. Car vois-tu Chloé, ma vie, toute ma vie est comme ce poing serré. Je suis là, devant toi, dans cette cuisine. J'ai soixante-cinq ans. Je ne ressemble à rien. Je suis ce vieux con que tu secouais tout à l'heure. Je n'ai rien compris, je ne suis jamais monté au sixième étage. J'ai eu peur de mon ombre et me voilà maintenant, me voilà devant l'idée de ma mort et... Non, je t'en prie, ne m'interromps pas... Pas maintenant. Laisse-moi ouvrir ce poing. Un tout petit peu.

Je nous resservais à boire.

—Je vais commencer par le plus injuste, le plus cruel... C'est-à-dire, toi...

Il s'était laissé aller contre son dossier.

—La première fois que je t'ai vue, tu étais toute bleue. Je me souviens, j'étais impressionné. Je te revois encore dans l'encadrement de cette porte... Adrien te soutenait et tu m'as tendu une main complètement recroquevillée par le froid. Tu ne pouvais pas me saluer, tu ne pouvais pas parler, j'avais donc pressé ton bras en signe de bienvenue et je revois encore les marques blanches que mes doigts avaient imprimées sur ton poignet. À Suzanne qui s'affolait déjà, Adrien avait répondu en riant : «Je vous ai ramené la Schtroumpfette!» Ensuite, il t'a portée à l'étage et t'a immergée dans un bain brûlant. Combien de temps y es-tu restée? Je ne m'en souviens pas, je me souviens juste d'Adrien qui répétait à sa mère «Du calme, Maman, du calme! Dès qu'elle est cuite, nous passons à table.» Parce que c'est vrai, nous avions faim, enfin, moi en tout cas, j'avais faim. Et tu me connais, tu sais comment sont les vieux cons quand ils ont faim... J'allais ordonner qu'on dîne sans vous attendre quand tu es arrivée, les cheveux mouillés et le sourire timide dans un vieux peignoir de Suzanne.

Cette fois, tes joues étaient rouges, rouges, rouges...

Pendant le repas, vous nous aviez raconté que vous vous étiez retrouvés dans la file d'attente d'un cinéma pour voir *Un dimanche à la campagne* et qu'il n'y avait plus de place et qu'Adrien, crâneur—c'est de famille—t'avait proposé un dimanche à la campagne justement, devant sa moto. Que c'était à prendre ou à laisser et que tu avais pris, ce qui expliquait ton état de congélation avancée puisque tu avais quitté Paris en tee-shirt sous ton imperméable. Adrien te mangeait des yeux et ce devait être difficile pour lui car tu gardais la tête toujours baissée. On voyait une fossette quand il parlait de toi, on imaginait donc que tu nous souriais... Je me souviens aussi que tu portais d'incroyables baskets...

—Des Converse jaunes, c'est vrai!

—Oui, c'est vrai. C'est pour ça, tu peux toujours critiquer celles que j'ai offertes à Lucie l'autre jour... Tiens, il faudra que je lui dise, d'ailleurs... Ne l'écoute pas, ma chérie, quand j'ai connu ta mère, elle portait des baskets jaunes avec des lacets rouges...

—Vous vous souvenez aussi des lacets?

—Je me souviens de tout Chloé, de tout, tu m'entends? Des lacets rouges, du livre que tu lisais le lendemain sous le cerisier pendant qu'Adrien déboulonnait son engin...

—C'était quoi?

—*Le Monde selon Garp,* non?

—Exact.

—Je me souviens que tu avais porposé à Suzanne de débroussailler le petit escalier qui menait à l'ancienne cave. Je me souviens des regards enamourés qu'elle te lançait en te voyant t'échiner au-dessus des ronces. On pouvait lire «Belle-fille? Belle-fille?» qui clignotait en lettres de feu devant ses yeux. Je vous avais emmenés au marché de Saint-Amand, tu avais acheté des fromages de chèvre et puis nous avions bu un Martini sur la place. Tu lisais un article, sur Andy Warhol je crois, pendant que nous bousculions le flipper, Adrien et moi...

—C'est hallucinant, comment faites-vous pour vous rappeler tout ça?

—Euh... je n'ai pas beaucoup de mérite... C'était une des rares fois où nous partagions quelque chose...

—Vous voulez dire, avec Adrien?

—Oui...

—Oui.

Je me suis levée pour prendre le fromage.

—Non, non, ne change pas les assiettes, ce n'est pas la peine.

—Mais, si! Je sais que vous détestez manger votre fromage dans la même assiette.

—Je déteste ça, moi? Oh... C'est vrai... Encore un truc de vieux con, non?

—Euh... oui, je crois...

Il m'a tendu son assiette en grimaçant.

—Garce.

Fossettes.

—Je me souviens de votre mariage, bien sûr... Tu étais à mon bras et tu étais si belle. Tu te tordais les chevilles. Nous traversions cette même place de Saint-Amand quand tu m'as glissé à l'oreille : «Vous devriez m'enlever, je jetterais ces maudites chaussures par la fenêtre de votre voiture et nous irions manger des coquillages chez Yvette...» Cette boutade m'avait donné le vertige. Je serrais mes gants. Tiens, sers-toi d'abord...

—Allez-y, allez-y...

—Qu'est-ce que je pourrais te dire d'autre encore?... Je me souviens qu'un jour, nous nous étions donné rendez-vous au café en bas de mon bureau pour que je récupère une louche ou je ne sais plus quoi que Suzanne t'avait prêtée. J'avais dû te paraître désagréable ce jour-là, j'étais pressé, soucieux... Je suis parti avant même que tu aies bu ton thé. Je te posais des questions sur ton travail et n'écoutais probablement pas les réponses, enfin, bref... Eh bien, le soir même, à table, quand Suzanne m'a de-

mandé «quoi de neuf?» sans y croire, je lui ai répondu :
«Chloé est enciente.—Elle te l'a dit?—Non. D'ailleurs je
ne suis pas sûr qu'elle le sache elle-même...» Suzanne
avait haussé les épaules et levé les yeux au ciel mais j'avais
raison. Quelques semains plus tard, vous nous annonciez
la bonne nouvelle...

—Comment vous aviez deviné?

—Je ne sais pas... Il m'avait semblé que ta carnation
avait changé, que ta fatigue venait d'ailleurs...

—...

—Je pourrais continuer comme ça longtemps. Tu vois,
tu es injuste. Qu'est-ce que tu disais déjà? Que depuis
tout ce temps, toutes ces années, je ne m'étais jamais in-
téressé à toi... Ooooh, Chloé, j'espère que tu as honte.

Il me faisait les gros yeux.

—Par contre, je suis égoïste, là tu as raison. Je te dis
que je ne veux pas que tu partes, parce que je ne veux pas
que tu partes. Je pense à moi. Tu m'es plus proche que ma
propre fille. Ma propre fille ne me dira jamais que je suis
un vieux con, elle se contente de penser que je suis un
con tout court!

Il s'était levé pour attraper le sel.

—Mais... Qu'est-ce que tu as?

—Rien. Je n'ai rien.

—Mais si, tu pleures.

—Mais non, je ne pleure pas. Regardez, je ne pleure pas.

—Mais si, tu pleures! Tu veux un verre d'eau?

—Oui.

—Oh, Chloé... Je ne veux pas que tu pleures. Ça me rend malheureux.

—Et voilà! Encore vous! Vous êtes incorrigible...

J'essayais de prendre un ton badin, mais des bulles de morve sortaient de mon nez, c'était pitoyable.

Je riais. Je pleurais. Ce vin ne m'égayait pas du tout.

—Je n'aurais pas dû te parler de tout ça...

—Si, si. Ce sont mes souvenirs aussi... Il faut juste que je m'y fasse un peu. Je ne sais si vous vous rendez bien compte, mais la situation est très nouvelle pour moi... Il y a quinze jours, j'étais encore une mère de famille tout confort. Je feuilletais mon agenda dans le métro pour organiser des dîners et je me limais les ongles en pensant aux vacances. Je me disais : «Est-ce qu'on emmène les filles ou est-ce qu'on part tous les deux?» Enfin, vous voyez le genre de dilemme...

Je me disais aussi : «On devrait chercher un autre appartement, celui-là est bien, mais il est trop sombre...» J'attendais qu'Adrien aille mieux pour lui en parler parce que je voyais bien qu'il n'était pas dans son assiette ces derniers temps... Irritable, susceptible, fatigué... Je me faisais du souci pour lui, je me disais : «Mais ils vont me le tuer dans cette boîte de fous, c'est quoi ces horaires débiles?»

Il s'était tourné vers le feu.

• • •

—Tout confort mais pas très finaude, hein?

Je l'attendais pour dîner. J'attendais des heures. Souvent même, je m'endormais en l'attendant... Il finissait par rentrer, la mine défaite et la queue entre les jambes. Je me dirigeais vers la cuisine en m'étirant. Je m'activais. Il n'avait pas faim, bien sûr, il avait cette décence de n'avoir plus d'appétit. Ou peut-être qu'ils grignotaient avant? Peut-être...

Que ça devait lui coûter de s'asseoir en face de moi! Comme je devais être lourde avec ma gaieté ordinaire et mes romans-feuilletons sur la vie du square Firmin-Gédon. Quel supplice pour lui quand j'y pense... Lucie a perdu une dent, ma mère ne va pas bien, la jeune fille au pair polonaise du petit Arthur sort avec le fils de la voisine, j'ai terminé mon marbre ce matin, Marion s'est coupé les cheveux c'est affreux, la maîtresse veut des boîtes d'œufs, tu as l'air fatigué, prends une journée de congé, donne-moi la main, tu reprendras des épinards? Le pauvre... quel supplice pour un homme infidèle mais scrupuleux. Quel supplice... Mais je ne voyais rien. Je n'ai rien vu venir, vous comprenez? Comment peut-on être si aveugle? Comment? Soit j'étais totalement abrutie, soit j'avais totalement confiance. Ce qui revient au même manifestement...

Je basculai en arrière.

—Ah, Pierre... Quelle cochonnerie cette vie...

. . .

—Il est bon, hein?

—Très. Dommage qu'il tienne si peu ses promesses...

—C'est la première fois que j'en bois.

—Moi aussi.

—C'est comme ton rosier, je l'avais acheté pour l'étiquette...

—Oui. Quelle cochonnerie... C'est n'importe quoi.

—Mais tu es jeune encore...

—Non, je suis vieille, je me sens vieille. Je suis toute cabossée. Je sens que je vais devenir méfiante. Je vais regarder ma vie à travers un judas. Je n'ouvrirai plus la porte. Reculez. Montrez patte blanche. C'est bien, l'autre maintenant. Prenez les patins. Restez dans l'entrée. Ne bougez plus.

—Non, tu ne deviendras jamais cette femme-là. Quand bien même tu le voudrais que tu ne pourrais pas. Les gens continueront à entrer dans ta vie comme dans un moulin, tu souffriras encore et c'est très bien comme ça. Je ne me fais pas de souci pour toi.

—Non, bien sûr...

—Bien sûr quoi?

—Vous ne vous faites pas de souci pour moi. Vous ne vous en faites pour personne de toute façon...

—C'est vrai, tu as raison. Je ne sais pas me pencher.

—Pourquoi?

—Je ne sais pas. Parce que les autres ne m'intéressent pas, je suppose...

—... sauf Adrien.

—Adrien quoi?

—Je pense à lui.

—Vous vous faites du souci pour Adrien?

—Oui, je crois... Oui.

C'est pour lui que je m'en fais le plus en tout cas...

—Pourquoi?

—Parce qu'il est malheureux.

Je tombais des nues.

—Alors ça, c'est la meilleure! Il n'est pas malheureux du tout... Au contraire, il est très heureux! Il a échangé une femme cabossée et ennuyeuse contre une première main amusante. Sa vie est beaucoup plus drôle aujourd'hui, vous savez.

Je relevai ma manche.

—Tiens, quelle heure est-il par exemple? Dix heures moins le quart. Où est-il notre petit martyr? Où est-il? Au cinéma ou au théâtre, peut-être? Ou bien il dîne quelque part. Ils doivent avoir terminé leurs entrées maintenant... il lui triture la paume en rêvant à plus tard. Attention, le plat arrive, elle reprend sa main et lui rend son sourire. Ou bien ils sont au lit... Ce qui est le plus probable, non? Au début, on fait beaucoup l'amour si je me souviens bien...

—Tu es cynique.

—Je me protège.

—Quoi qu'il fasse, il est malheureux.

—À cause de moi, vous voulez dire? Je lui gâcherais son plaisir? Oh, l'ingrate...

—Non. Pas à cause de toi, à cause de lui. À cause de cette vie, qui ne fait rien comme on le lui demande. Nos efforts sont dérisoires...

—Vous avez raison, le pauvre chéri...

—Tu ne m'écoutes pas.

—Non.

—Pourquoi tu ne m'écoutes pas?

Je mordais dans mon bout de pain.

—Parce que vous êtes un bulldozer, vous détruisez tout sur votre passage. Mon chagrin vous... Vous quoi déjà? Vous encombre et vous agacera bientôt, je le sais bien. Et puis cette histoire de lien du sang... Cette notion débile... Vous avez été infoutu de serrer vos gamins dans vos bras, de leur dire une seule fois que vous les aimiez, mais à côté de ça, je sais que vous prendrez toujours leur défense. Quoi qu'ils disent, quoi qu'ils fassent, ils auront toujours raison face aux barbares que nous sommes. Nous qui ne portons pas le même nom que vous.

Vos enfants ne vous ont pas donné tellement de motifs de satisfaction on dirait, mais vous êtes le seul à pouvoir les critiquer. Le seul! Adrien s'est barré en me plantant là avec les filles. Bon, ça aussi, ça vous contrarie, mais je n'espère plus vous entendre proférer quelques mots durs. Quelques mots durs... ça ne changerait rien, mais ça me ferait tellement plaisir. Tellement plaisir, si vous saviez... Oui, c'est minable... Je suis minable. Mais, quelques mots bien sentis, bien cinglants, comme vous savez si bien les dire... Pourquoi pas pour lui? Je les mérite après tout. J'attends la condamnation du patriarche assis au bout de la table. Depuis toutes ces années que je vous écoute départager le monde. Les bons et les méchants, ceux qui méritant votre estime et ceux qui ne la méritent pas. Depuis toutes ces années que je me cogne vos discours, votre autorité, vos moues de Commandeur, vos silences... Tout ce chiqué. Tout ce chiqué... Depuis le temps que vous nous gonflez, Pierre...

Vous savez, je suis une âme simple et j'ai besoin de vous entendre dire : mon fils est un salaud et je te demande pardon. J'en ai besoin, vous comprenez?

—Ne compte pas sur moi.

J'ai pris nos assiettes.

—Je ne comptais pas sur vous.

—Vous voulez un dessert?

—Non.

—Vous ne voulez rien?

—Donc c'est fichu... J'ai dû tirer sur le mauvais fil...

Je ne l'écoutais plus.

—Le nœud s'est encore resserré et nous voilà plus éloignés que jamais. Alors je suis un vieux con... Un monstre... Et puis quoi encore?

Je cherchais l'éponge.

—Et puis quoi encore?!

Je l'ai regardé droit dans les yeux.

—Écoutez, Pierre, pendant des années j'ai vécu avec un homme qui ne tenait pas debout parce que son père ne l'avait jamais épaulé correctement. Quand j'ai connu Adrien, il n'osait rien de peur de vous décevoir. Et tout ce qu'il entreprenait me déprimait parce que ce n'était jamais pour lui qu'il le faisait, c'était pour vous. Pour vous épater ou vous emmerder. Vous provoquer ou vous faire plaisir. C'était pathétique. J'avais à peine vingt ans et j'ai délaissé toute ma vie pour lui. Pour l'écouter et lui caresser la nuque quand il se confiait enfin. Je ne regrette rien, je ne pouvais pas faire autrement de toute façon. Ça me rendait malade qu'un garçon comme lui se dénigre à ce point. Nous avons passé des nuits entières à tout démêler et à faire la part des choses. Je l'ai secoué. Je lui ai dit mille fois que c'était trop facile son histoire. Que c'était trop facile! Nous avons pris de bonnes résolutions et nous les avons piétinées, nous en avons trouvé d'autres et finalement, j'ai arrêté mes études pour qu'il puisse reprendre les siennes. J'ai retroussé mes manches et pendant trois ans, je l'ai déposé à la fac avant d'aller perdre mon temps dans les sous-sols du Louvre. C'était un accord entre nous : je ne me plaignais pas à condition qu'il ne me parle plus de vous. Je n'ai pas de mérite. Je ne lui ai jamais dit qu'il était le meilleur. Je l'ai juste aimé. Ai-mé. Vous voyez de quoi je parle?

—...

—Alors, vous comprenez que je l'aie un peu mauvaise aujourd'hui...

Je passais l'éponge autour de ses mains posées sur la table.

—La confiance est revenue, le fils prodigue a mué. Il a mené sa barque comme un grand et le voilà maintenant qui abandonne sa vieille peau sous l'œil attendri du méchant papa. Avouez que c'est un peu rude, non?

—...

—Vous ne dites rien?

—Non. Je vais me coucher.

J'ai mis la machine en marche.

—C'est ça, bonne nuit.

· · ·

Je me mordais les joues.

Je gardais pour moi des choses affreuses.

J'ai pris mon verre et je suis allée m'asseoir sur le canapé. J'ai retiré mes chaussures et je me suis recroquevillée sous les coussins. Je me suis relevée pour prendre la bouteille sur la table. J'ai secoué le feu, éteint la lumière et je suis revenue m'enterrer tranquillement.

Je regrettais de n'être pas encore soûle.
   Je regrettais d'être là.
   Je regrettais... Je regrettais tellement de choses.
   Tellement de choses...

J'ai posé ma tête sur l'accoudoir et fermé les yeux.

—Tu dors?

—Non.

Il est allé se servir un verre et s'est assis sur le fauteuil d'à côté.

Le vent soufflait toujours. Nous étions dans l'obscurité. Nous regardions le feu.

De temps en temps, l'un de nous buvait et l'autre l'imitait.

Nous n'étions ni bien, ni mal. Nous étions fatigués.

Au bout d'un très long moment il a dit :

—Tu sais, je ne serais pas celui que tu dis que je suis devenu si j'avais été plus courageux...

—Pardon?

Je regrettais déjà de lui avoir répondu. Je ne voulais plus parler de tout ce merdier. Je voulais qu'on me laisse tranquille.

—On parle toujours du chagrin de ceux qui restent mais as-tu déjà songé à celui de ceux qui partent?

Oh là, là, me disais-je, mais qu'est-ce qu'il va encore me prendre la tête avec ses théories, le vieux schnoque?

Je cherchais mes chaussures du regard.

—On en reparlera demain, Pierre, je vais... J'en ai marre.

—Le chagrin de ceux par qui le malheur arrive... Ceux qui restent, on les plaint, on les console, mais ceux qui partent?

—Mais qu'est-ce qu'ils veulent en plus, m'emportai-je, une couronne? Un mot d'encouragement?!

Il ne m'entendait pas.

—Le courage de ceux qui se regardent dans la glace un matin et articulent distinctement ces quelques mots pour eux seuls : «Ai-je le droit à l'erreur?» Juste ces quelques mots... Le courage de regarder sa vie en face, de n'y voir rien d'ajusté, rien d'harmonieux. Le courage de tout casser, de tout saccager par... par égoïsme? Par pur égoïsme? Mais non, pourtant... Alors qu'est-ce? Instinct de survie? Lucidité? Peur de la mort?

Le courage de s'affronter. Au moins une fois dans sa vie. De s'affronter, soi. Soi-même. Soi seul. Enfin.

«Le droit à l'erreur», toute petite expression, tout petit bout de phrase, mais qui te le donnera?

Qui, à part toi?

Ses mains tremblaient.

—Moi, je ne me le suis pas donné... Je ne me suis donné aucun droit. Que des devoirs. Et voilà ce que je suis devenu : un vieux con. Un vieux con aux yeux d'une des rares personnes pour lesquelles je nourris un peu d'estime. Quel fiasco...

J'ai eu beaucoup d'ennemis. Je ne m'en vante pas, je ne m'en plains pas non plus, je m'en contrefous. Mais des amis... Des gens auxquels j'ai eu envie de plaire? Si peu, si peu... Toi entre autres. Toi, Chloé, parce que tu es si douée pour la vie. Parce que tu l'empoignes à bout de bras. Tu bouges, tu danses, tu sais faire la pluie et le beau temps dans une maison. Tu as ce don merveilleux de rendre les gens heureux autour de toi. Tu es si à l'aise, si à l'aise sur cette petite planète...

—J'ai l'impression que nous ne parlons pas de la même personne...

Il ne m'a pas entendu.

Il se tenait droit. Il ne parlait plus. Il n'avait pas croisé ses jambes. Son verre était posé sur ses cuisses.

Je ne distinguais pas son visage.

Son visage était dans l'ombre du fauteuil.

—J'ai aimé une femme... Je ne te parle pas de Suzanne, je te parle d'une autre femme.

J'avais rouvert les yeux.

—Je l'ai aimée plus que tout. Plus que tout...

Je ne savais pas qu'on pouvait aimer à ce point... Enfin, moi en tout cas, je croyais que je n'étais pas... *programmé* pour aimer de cette façon. Les déclarations, les insomnies, les ravages de la passion, c'était bon pour les autres tout ça. D'ailleurs, le seul mot de passion me faisait ricaner. La passion, la passion! Je mettais ça entre hypnose et superstition, moi... C'était presque un gros mot dans ma bouche. Et puis, ça m'est tombé dessus au moment où je m'y attendais le moins. Je... J'ai aimé une femme.

Je suis tombé amoureux comme on attrape une maladie. Sans le vouloir, sans y croire, contre mon gré et sans pouvoir m'en défendre, et puis...

Il se raclait le gorge.

—Et puis je l'ai perdue. De la même manière.

Je ne bougeais plus. Une enclume venait de me tomber sur la tête.

. . .

—Elle s'appelait Mathilde. Elle s'appelle toujours Mathilde d'ailleurs. Mathilde Courbet. Comme le peintre...

J'avais quarante-deux ans et je me trouvais vieux déjà. Je me suis toujours trouvé vieux de toute façon. C'est Paul qui était jeune. Paul sera toujours jeune et beau.

Moi, je suis Pierre. Le besogneux, le laborieux.

À dix ans, j'avais déjà le visage que j'ai aujourd'hui. La même coupe de cheveux, les même lunettes, les mêmes gestes, les mêmes petites manies. À dix ans, je changeais déjà mon assiette au moment du fromage, j'imagine...

Je lui souriais dans le noir.

—Quarante-deux ans... Qu'attend-on de la vie à quarante-deux ans?

Moi, rien. Je n'attendais rien. Je travaillais. Encore et encore et toujours. C'était ma tenue de camouflage, mon armure, mon alibi. Mon alibi pour ne pas vivre. Parce que je n'aimais pas tellement ça, vivre. Je croyais que je n'étais pas doué pour ça.

Je m'inventais des difficultés, des montagnes à gravir. Très hautes. Très escarpées. Et puis je remontais mes manches. Je les gravissais et j'en inventais d'autres. Je n'étais pas ambitieux pourtant, j'étais sans imagination.

Il a bu une gorgée.

. . .

—Je... Je ne savais pas tout ça, tu sais... C'est Mathilde qui
me l'a appris. Oh, Chloé... Comme je l'aimais... Comme
je l'aimais... Tu es toujours là?

—Oui.

—Tu m'écoutes?

—Oui.

—Je t'embête?

—Non.

—Tu vas t'endormir?

—Non.

Il s'était levé pour remettre une bûche. Il est resté ac-
croupi devant la cheminée.

—Tu sais ce qu'elle me reprochait? Elle me reprochait
d'être trop bavard. Tu te rends compte? Moi... Trop
bavard! C'est incroyable, non? Mais c'était vrai pourtant...
Je posais ma tête sur son ventre et je parlais. Je parlais pendant des heures. Des jours entiers, même. J'entendais le
son de ma voix devenue si grave sous sa peu et j'aimais ça.
Un vrai moulin à paroles... Je la soûlais. Je la noyais. Elle
riait. Elle me disait, mais, chut, ne parle pas tant, je ne
t'entends plus. Pourquoi est-ce que tu parles comme ça?

J'avais quarante-deux ans de silence à rattraper.
Quarante-deux années que je me taisais, que je gardais

tout pour moi. Qu'est-ce que tu disais tout à l'heure? Que mon mutisme ressemblait à du dédain, c'est ça? C'est blessant, mais je peux le comprendre, je peux comprendre les reproches qui me sont adressés. Je peux les comprendre, mais je n'ai pas envie de m'en défendre. C'est bien là le problème d'ailleurs... Mais, du dédain, je ne crois pas. Aussi inouï que cela puisse te sembler, je crois que mon mutisme ressemble plutôt à de la timidité. Je ne m'aime pas assez pour accorder une quelconque importance à mes propos. Tourne sept fois ta langue dans ta bouche, dit l'expression. Moi, je la tourne toujours une fois de trop. Je suis décourageant pour les autres... Je ne m'aimais pas avant Mathilde et je m'aime encore moins depuis. Je suppose que je suis dur à cause de ça...

Il s'était rassis.

   —Je suis dur dans le travail, mais là, c'est parce que je joue un rôle, tu comprends? Je suis obligé d'être dur. Obligé de leur faire croire que je suis une terreur. Tu imagines s'ils perçaient mon secret? S'ils apprenaient que je suis timide? Que je suis obligé de travailler trois fois plus que les autres pour arriver au même résultat? Que j'ai une mauvaise mémoire? Que je suis lent à la comprenette? Tu te rends compte? Mais s'ils savaient tout cela, ils me boufferaient tout cru!

   Et puis je ne sais pas me faire aimer... Je n'ai pas de

charisme, comme on dit. Si j'annonce une augmentation, je prends un ton cassant, si l'on me remercie, je ne réponds pas, quand je veux faire un petit geste, je m'en empêche et si j'ai une bonne nouvelle à répandre, je charge Françoise de cette tâche. Sur le plan du management, des ressources humaines, comme ils disent aussi, je suis une calamité. Une véritable calamité.

C'est Françoise justement qui m'avait inscrit contre mon gré à une espèce de stage pour patrons ringards. Quelles foutaises... Deux jours enfermés au Concorde La Fayette de la porte Maillot à ingurgiter la bouillie démagogique d'une psy et d'un Américain surexcité. Il vendait son bouquin à la fin. *Be the Best and Work in Love* ça s'appelait. Mon Dieu, quelle fumisterie quand j'y repense...

À la fin du stage, je me souviens, on nous avait distribué un diplôme de gentil patron compréhensif. Je l'ai offert à Françoise qui l'a punaisé dans le placard où l'on rangeait les produits d'entretien et les rouleaux de P.Q.

«C'était bien? m'a-t-elle demandé

—C'était affligeant.»

Elle a souri.

«Écoutez Françoise, ai-je ajouté, vous qui êtes ici comme Dieu le Père, dites à ceux que ça intéresse que je ne suis pas aimable mais qu'ils ne perdront jamais leur place parce que je suis très fort en calcul mental.

—Amen, avait-elle murmuré en baissant la tête.»

Mais c'était vrai. En vingt-cinq ans de tyrannie, je n'ai

subi aucune grève et je n'ai jamais licencié personne. Même quand ça a été si difficile au début des années 90, je n'ai licencié personne. Personne, tu m'entends?

—Et Suzanne?

—...

—Pourquoi vous êtes si dur avec elle?

—Tu me trouves dur?

—Oui.

—Dur comment?

—Dur.

Il avait de nouveau posé sa tête sur le fauteuil.

—Quand Suzanne s'est rendu compte que je la trompais, je ne la trompais plus depuis longtemps. J'avais... Je te raconterai ça plus tard... À l'époque, nous vivions rue de la Convention. Je n'aimais pas cet appartement. Je n'aimais pas la façon dont elle l'avait décoré. J'étouffais là-dedans. Trop de meubles, trop de bibelots, trop de photos de nous, trop de tout. Je te dis ça, ça n'a aucun intérêt... Je venais dans cet appartement pour y dormir, et parce que ma famille y vivait. Point. Un soir, elle m'a demandé de l'emmener dîner. Nous sommes allés en bas de la maison. Une espèce de pizzeria minable. La lumière des néons lui donnait une mine épouvantable. Elle qui s'était déjà composé une tête de femme outragée, ça n'arrangeait rien. C'était cruel mais je ne l'avais pas fait exprès, tu sais. J'avais poussé la porte du premier boui-boui venu... Pressentant ce qui allait m'arriver, je n'avais pas envie de me trouver loin de mon lit. Et en effet, ça n'a pas traîné. À peine avait-elle reposé le menu que, déjà, elle éclatait en sanglots.

Elle savait tout. Que c'était une femme plus jeune. Elle savait depuis combien de temps ça durait et comprenait pourquoi j'étais toujours parti maintenant. Elle ne pouvait plus le supporter. J'étais un monstre. Méritait-elle autant de mépris? Méritait-elle d'être traitée comme ça? Comme une souillon? Au début, elle avait fermé les yeux. Elle se doutait bien de quelque chose, mais elle me faisait confiance. Elle pensait que c'était un coup de tête, un coup de sang, l'envie de plaire encore. Quelque chose de rassurant pour ma virilité. Et puis il y avait mon travail. Mon travail si prenant, si difficile. Et elle, elle était tout accaparée par l'aménagement de la nouvelle maison. Elle ne pouvait pas tout gérer d'un coup. Elle ne pouvait pas être sur tous les fronts en même temps! Elle me faisait confiance! Après il y avait eu ma maladie et elle avait fermé les yeux. Mais, là, maintenant, elle ne pouvait plus le supporter. Non, elle ne pouvait plus me supporter. Mon égoïsme, mon mépris, la façon dont... À ce moment-là, le serveur l'a interrompue, et, en l'espace d'une demi-seconde, elle avait changé de masque. En lui souriant, elle lui demandait des précisions sur les tortellinis je-ne-sais-quoi. J'étais fasciné. Quand il s'est tourné vers moi, j'ai balbutié un «C... Comme Madame» affolé. Pas une seconde je n'avais songé à cette fichue carte, tu penses. Pas une seconde...

. . .

C'est là que j'ai mesuré la force de Suzanne. Sa force immense. Le rouleau compresseur, c'est elle. C'est là que j'ai su qu'elle était de très loin la plus solide et que rien ne pouvait l'atteindre vraiment. En fait, c'était juste une bête question d'emploi du temps. Elle venait me chercher des poux dans la tête parce que sa maison du bord de mer était terminée. Le dernier cadre accroché, la dernière tringle posée, elle s'était finalement tournée vers moi et avait été horrifiée par ce qu'elle venait d'y découvrir.

Je répondais à peine, me défendais mollement, je te l'ai dit, j'avais déjà perdu Mathilde à ce moment-là...

Je regardais ma femme s'agiter en face de moi dans une pizzeria minable du quinzième arrondissement de Paris et j'avais coupé le son.

Elle gesticulait, laissait rouler de grosses larmes sur ses joues, se mouchait et sauçait son assiette. Pendant ce temps, j'enroulais indéfiniment deux ou trois spaghettis autour de ma fourchette sans jamais parvenir à les hisser jusqu'à ma bouche. Moi aussi, j'avais très envie de pleurer mais je me retenais...

—Pourquoi vous vous reteniez?

—Question d'éducation, je pense... Et puis je me sentais encore si fragile... Je ne pouvais pas prendre le risque de me laisser aller. Pas là. Pas maintenant. Pas avec elle. Pas dans cette gargote sordide. J'étais... Comment te dire... Si friable.

Elle m'a raconté ensuite qu'elle avait consulté un avocat pour mettre en route une procédure de divorce. J'étais soudain plus attentif. Un avocat? Suzanne demandant le divorce? Je n'imaginais pas que les choses étaient allées si loin, qu'elle avait été à ce point blessée... Elle avait vu cette femme, la belle-sœur d'une de ses amies. Elle avait beaucoup hésité mais en rentrant d'un week-end ici, elle avait pris sa décision. Elle l'avait prise dans la voiture sur le chemin du retour alors que je ne lui avais adressé la parole qu'une seule fois pour lui demander si elle avait la monnaie du péage. C'était une espèce de roulette russe conjugale qu'elle avait inventée : si Pierre me parle, je reste, s'il ne parle pas, je divorce.

J'étais troublé. Je ne la savais pas si joueuse.

Elle avait repris des couleurs et me regardait avec plus d'assurance à présent. Bien sûr, elle avait tout déballé. Mes voyages, toujours plus longs, toujours plus nombreux, mon désintérêt de la vie familiale, mes enfants transparents, les carnets de notes que je n'avais jamais signés, les années perdues à tout organiser autour de moi. Pour mon bien-être, pour l'entreprise. Entreprise qui appartenait à sa famille, à elle, entre parenthèses, le sacrifice de sa personne. Comment elle s'était occupée de ma pauvre mère jusqu'au bout. Enfin tout, quoi, tout ce qu'elle avait eu besoin de raconter, plus tout ce que les avocats aiment entendre pour pouvoir chiffrer les dégâts.

Moi aussi je reprenais du poil de la bête, on arrivait en terrain connu. Que voulait-elle? De l'argent? Combien? Qu'elle me fixe un montant, j'avais déjà sorti mon chéquier.

Mais non, elle me reconnaissait bien là, croyant m'en tirer à si bon compte... J'étais vraiment lamentable... Elle s'était remise à sangloter entre deux bouchées de tiramisu. Pourquoi est-ce que je ne comprenais rien? Il n'y avait que les rapports de force dans la vie. L'argent ne pouvait pas tout acheter. Tout racheter. Est-ce que je faisais sem-blant de ne rien comprendre? Avais-je un cœur? J'étais vraiment lamentable. Lamentable...

«Mais pourquoi est-ce que tu ne demandes pas le di-vorce alors? avais-je fini par lâcher, agacé, je prends toutes les fautes sur moi. Toutes, tu m'entends? Même le carac-tère épouvantable de ma mère, je veux bien signer quelque part pour le reconnaître si ça te chante, mais ne t'encombre pas d'un avocat, je t'en prie, dis-moi plutôt combien tu veux.»

Je l'avais piquée au vif.

Elle a relevé la tête et m'a regardé dans les yeux. C'était la première fois depuis des années que nous nous regar-dions si longtemps. J'essayais de découvrir quelque chose de nouveau sur ce visage. Notre jeunesse peut-être... Le temps où je ne la faisais pas pleurer. Où je ne faisais pleurer aucune femme, et où l'idée même de bavasser autour d'une table du sentiment amoureux me semblait inconcevable.

Mais je n'ai rien découvert, seulement la moue un peu triste d'une épouse vaincue qui s'apprêtait à passer aux aveux. Elle n'était pas retournée chez son avocat car elle n'en avait pas le courage. Elle aimait sa vie, sa maison, ses enfants, ses commerçants... Elle avait honte de se l'avouer, et pourtant c'était la vérité : elle n'avait pas le courage de me quitter.

Pas le courage.

Je pouvais courir si ça me chantait, je pouvais en sauter d'autres si ça me rassurait, mais, elle, elle ne partirait pas. Elle ne voulait pas perdre ce qu'elle avait conquis. Cet échafaudage social. Nos amis, nos relations, les amis des enfants. Et puis il y avait cette maison toute pimpante dans laquelle nous n'avions encore jamais dormi... C'était un risque qu'elle n'avait pas envie de prendre. Après tout, qu'est-ce que ça pouvait lui faire? Il y en avait des hommes qui trompaient leur femme... Un paquet même... Elle s'était confiée et avait été déçue par la banalité de son histoire. C'était ainsi. La faute à ce qui nous pendait entre les jambes. Il fallait faire le gros dos et laisser passer l'orage. Elle avait fait le premier pas, mais l'idée de n'être plus madame Pierre Dippel la laissait exsangue. C'était comme ça et c'était tant pis pour elle. Sans les enfants, sans moi, elle ne pesait pas lourd.

Je lui tendais mon mouchoir. «Ce n'est pas grave, ajouta-t-elle en se forçant à sourire, ce n'est pas grave... Je reste près de toi parce que je n'ai pas trouvé de meilleure idée. Je me suis mal organisée pour une fois. Moi qui prévois toujours tout, là, je... Je me suis laissé déborder, on dirait.» Elle souriait en pleurant.

J'ai tapoté sa main. C'était fini. J'étais là. Je n'étais avec personne d'autre. Personne. C'était fini. C'était fini...

Nous avons bu nos cafés en commentant le mauvais goût de la décoration et les moustaches du patron.

Deux vieux amis tout couverts de cicatrices.

Nous venions de soulever une grosse pierre et de la laisser retomber aussitôt.

C'était trop affreux ce qui grouillait là-dessous.

Ce soir-là, dans le noir, j'ai pris Suzanne chastement dans mes bras. Je ne pouvais pas faire plus.

Ce fut pour moi une nouvelle nuit blanche. Au lieu de me rassurer, ses aveux m'avaient complètement ébranlé. Il faut dire que j'étais si mal à cette époque. Si mal. Si mal. Tout m'écorchait. Je me trouvais vraiment dans une situation affligeante : j'avais perdu celle que j'aimais et venais de comprendre que j'avais aussi esquinté l'autre. Quel tableau... J'avais perdu l'amour de ma vie pour rester avec une femme qui ne me quittait pas à cause de son fromager et de son charcutier. C'était inextricable. C'était du sabotage. Ni Mathilde, ni Suzanne n'avaient mérité ça. J'avais tout raté. Jamais je ne m'étais senti aussi misérable...

Les médicaments ne devaient rien arranger non plus, c'est sûr, mais si j'avais été plus courageux moi aussi, je me serais pendu cette nuit-là.

Il renversait sa tête en arrière pour finir son verre.

—Mais Suzanne? Elle n'est pas malheureuse avec vous...

—Tu crois? Comment tu peux dire une chose pareille? Elle t'a dit qu'elle était heureuse?

—Non. Pas comme ça. Ce n'est pas ce qu'elle a dit mais elle me l'a laissé entendre... De toute façon, ce n'est pas le genre de femme à se poser un moment pour se demander si elle est heureuse...

—Non, ce n'est pas le genre en effet... C'est là sa force, d'ailleurs. Mais, tu sais, si j'étais si malheureux cette nuit-là, c'était surtout à cause d'elle. Quand je vois ce qu'elle est devenue... Si dadame, si convenue... Et si tu avais vu quel morceau de fille c'était quand je l'ai rencontrée... Je ne suis pas fier de moi, non, vraiment, il n'y a pas de quoi pavoiser. Je l'ai étouffée. Je l'ai fanée. Pour moi, elle a toujours été celle qui est là. Dans les parages. Sous ma main. Au bout du fil. Avec les enfants. Dans la cuisine. Une espèce de vestale qui dèpensait l'argent que je gagnais et faisait tourner notre petit monde dans le confort et sans se plaindre. Je ne l'ai jamais vue plus loin que le bout de mon nez.

Lequel de ses secrets ai-je essayé de percer? Aucun. L'ai-je jamais questionnée sur elle, son enfance, ses souvenirs, ses regrets, sa lassitude, notre vie charnelle, ses espoirs déçus, ses rêves? Non. Jamais. Rien. Rien ne m'intéressait.

—N'en faites pas trop non plus, Pierre. Vous ne pouvez pas tout prendre sur vos épaules. L'autoflagellation a ses charmes, mais quand même... Vous n'êtes pas très crédible en saint Sébastien, vous savez...

—C'est bien, tu ne me passes rien. Tu es ma petite persifleuse préférée. C'est pour ça que ça m'ennuie de te perdre. Qui me volera dans les plumes quand tu ne seras plus là?

—Nous déjeunerons ensemble de temps en temps...

—Tu me le promets?

—Oui.

—Tu dis ça et puis tu ne le feras pas, j'en suis sûr...

—Nous fixerons un rite, le premier vendredi de chaque mois par exemple...

—Pourquoi le vendredi?

—Parce que j'aime le bon poisson! Vous m'emmènerez dans de bons restaurants, n'est-ce pas?

—Les meilleurs!

—Ah! J'en suis fort aise... Mais dans longtemps...

—Longtemps?

—Oui.

—Quand?

—...

—Bien. Je patienterai.

Je remuais une bûche.

—Pour en revenir à Suzanne... Ce côté si dadame comme vous dites, vous n'y êtes pour rien et heureusement. Il y a quand même des choses qu'elle peut revendiquer sans votre sceau. Vous savez, c'est comme ces produits anglais qui fanfaronnent *«by appointment to Her Majesty»*. Suzanne est devenue ce qu'elle est sans avoir eu besoin de votre *«appointment»*. Vous êtes un peu emmerdant, mais vous n'êtes pas tout-puissant quand même! Ce côté dame patronnesse, coureuse de soldes et fiches cuisine, elle n'a pas eu besoin de vous pour se la fabriquer la panoplie. C'est de nature, comme on dit. Elle a ça dans le sang, ce côte *J'époussette Je commente Je juge et Je pardonne*. C'est épuisant, enfin moi, ça m'épuise, mais c'est le revers de ses médailles, et Dieu sait qu'elle en a des médailles, hein?

—Oui. Dieu doit le savoir, lui... Tu veux boire quelque chose?

—Non merci.

—Une tisane peut-être?

—Non, non. Je préfère m'enivrer tout doucement...

—Bon... eh bien je vais te laisser tranquille.

—Pierre?

—Oui.

—Je n'en reviens pas.

—De quoi?

—De tout ce que vous venez de me raconter...

—Moi non plus.

—Et Adrien?

—Adrien quoi?

—Vous lui direz?

—Qu'est-ce que je lui dirai?

—Eh bien... Tout ça...

—Adrien est venu me voir, figure-toi.

—Quand?

—La semaine dernière et... Je ne lui ai pas parlé. Enfin, je ne lui ai pas parlé de moi, mais je l'ai écouté...

—Qu'est-ce qu'il vous a dit?

—Ce que je t'ai dit, ce que je savais déjà... Qu'il était malheureux, qu'il ne savait plus où il en était...

—Il est venu se confier à vous?!

—Oui.

Je me suis remise à pleurer.

—Ça t'étonne?

Je secouais la tête.

—Je me sens trahie. Même vous. Vous... Je déteste ça. Moi, je ne fais pas ça aux gens, je...

—Calme-toi. Tu mélanges tout. Qui te parle de trahison? Où est la trahison? Il est arrivé sans prévenir et dès que je l'ai vu, je lui ai proposé de sortir. J'ai éteint mon portable et nous sommes descendus au parking. Au moment où je mettais le contact, il me l'a dit : «Je vais quitter Chloé.» Je n'ai pas bronché. Nous sommes remontés à l'air libre. Je ne voulais pas lui poser de questions, j'attendais qu'il parle... Toujours ce problème de fils à démêler... Je ne voulais rien brusquer. Je ne savais pas où aller. J'étais un peu secoué moi-même pour tout t'avouer. J'ai pris les Maréchaux et ouvert le cendrier.

—Et alors? ajoutai-je.

—Alors rien. Il est marié. Il a deux enfants. Il a réfléchi. Il pense que ça vaut...

—Taisez-vous, taisez-vous... Je connais la suite.

Je m'étais levée pour attraper le rouleau de Sopalin.

—Vous devez être fier de lui, hein? C'est bien, ce qu'il fait, hein? Ça, c'est un homme au moins! Un type courageux. Quelle belle revanche il vous offre là! Quelle belle revanche...

—Ne prends pas ce ton-là.

—Je prends le ton que je veux et je vais vous dire ce que je pense... Vous êtes encore pire que lui. Vous, vous avez tout raté. Oui, sous vos grands airs, vous avez tout raté et vous vous servez de lui, de ses coucheries pour vous réconforter. Je trouve ça minable. Vous m'écœurez tous les deux.

—Tu dis n'importe quoi. Tu le sais, n'est-ce pas? Tu le sais que tu dis n'importe quoi?

Il me parlait très doucement.

—Si c'était une affaire de coucheries, comme tu dis, nous n'en serions pas là, tu le sais bien...

—Chloé, parle-moi.

—Je suis la reine des connes... Non. Ne me contredites pas pour une fois. Ne me contredites pas, ça me ferait tellement plaisir.

—Je peux te faire un aveu? Un aveu très difficile?

—Allez-y, au point où j'en suis...

—Je pense que c'est une bonne chose.

—Une bonne chose de quoi?

—Ce qui t'arrive là...

—D'être la reine des connes?

—Non, qu'Adrien s'éloigne. Je pense que tu vaux mieux que ça... Mieux que cette gaieté un peu forcée... Mieux que de te limer les ongles dans le métro en tripotant ton agenda, mieux que le square Firmin-Gédon, mieux que ce que vous étiez devenus tous les deux. C'est choquant, ce que je te dis là, n'est-ce pas? Et puis de quoi je me mêle, hein? Oui, c'est choquant, mais tant pis. Je ne peux pas faire semblant, je t'aime trop bien. Je pense qu'Adrien n'était pas à la hauteur. Il avait chaussé un peu grand avec toi. Voilà ce que je pense...

C'est choquant parce que c'est mon fils et que je ne devrais pas parler de lui comme ça... Oui, je sais. Mais voilà, je suis un vieux con et je me fous des bienséances. Je te le dis parce que j'ai confiance en toi. Tu... Tu n'étais pas si bien aimée. Et si tu étais aussi honnête que moi à cette minute précise de ta vie, tu prendrais un air offusqué bien sûr, mais tu n'en penserais pas moins...

—Vous dites n'importe quoi.

—Nous y voilà. Ton petit air offusqué...

—Vous faites dans la psychanalyse maintenant?

—Tu ne l'as jamais entendue, cette voix dans ton for intérieur qui te pinçait de temps en temps pour te rappeler que tu n'étais pas si bien aimée que ça?

—Non.

—Non?

—Non.

—Bon. Alors je dois me tromper...

Il s'était avancé en s'appuyant sur ses genoux.

—Moi, je pense que tu devrais remonter un jour...

—Remonter d'où?

—Du troisième sous-sol.

—Vous avez vraiment un avis sur tout, hein?

—Non. Pas sur tout. Qu'est-ce que c'est que ce travail de grouillot dans les caves d'un musée quand on sait de quoi tu es capable? C'est du temps perdu. Tu fais quoi? Des copies? Des moulages? Tu bricoles. La belle affaire! Jusqu'à quand? Jusqu'à la retraite? Ne me dis pas que tu es heureuse dans ce trou à rats de fonctionnaires...

—Non, non, ironisai-je, je ne vais pas vous dire ça, rassurez-vous.

—Moi, si j'étais ton amoureux, je t'attraperais par la peau du cou et te remonterais à la lumière. Tu as quelque chose dans les mains et tu le sais. Assume-ça. Assume tes dons. Assume cette responsabilité. Moi, je te poserais quelque part et je te dirais : «À toi maintenant. À toi de jouer, Chloé. Montre-nous ce que tu as dans le ventre.»

—Et si je n'ai rien?

—Eh bien, ce serait l'occasion de le savoir. Et arrête de te mordre la lèvre, tu me fais mal.

—Pourquoi vous avez tant de bonnes idées pour les autres et si peu pour vous-même?

—J'ai déjà répondu à cette question.

—Qu'est-ce qu'il y a?

—J'ai cru entendre Marion pleurer...

—Je n'ent...

—Chut...

• • •

—Ça va, elle s'est rendormie.

Je me suis rassise en tirant la couverture sur moi.

—Tu veux que j'aille voir?

—Non, non. Attendons un petit peu.

—Et je mérite quoi, d'après vous, monsieur Je-sais-tout?

—Tu mérites d'être traitée comme ce que tu es.

—C'est-à-dire?

—Comme une princesse. Une princesse des Temps modernes.

—Pff... N'importe quoi.

—Oui, je suis prêt à dire n'importe quoi. N'importe quoi du moment que ça te fasse sourire... Souris-moi Chloé.

—Vous êtes fou.

Il s'était levé.

—Ah... Parfait! J'aime mieux ça. Tu commences à dire moins de bêtises... Oui, je suis fou, et tu veux que je te dise, même? Je suis fou et j'ai faim! Qu'est-ce que je pourrais bien manger comme dessert?

—Regardez dans le frigidaire. Il faudrait finir les yaourts des filles...

—Où ça?

—Tout en bas.

—Les petits machins roses?

—Oui.

—Ce n'est pas mauvais...

Il léchait sa cuillère.

—Vous avez vu comment ça s'appelle?

—Non.

—Regardez, c'était pour vous.

—Petits Filous... C'est malin.

. . .

—Nous ferions mieux d'aller nous coucher, tu ne crois pas?

—Oui.

—Tu as sommeil?

Je me désolais.

—Comment voulez-vous que je dorme avec tout ce que nous remuons? J'ai l'impression de touiller un gros chaudron...

—Moi, je dénoue ma pelote, toi tu touilles ton chaudron. C'est amusant les images que nous employons...

—Vous le matheux et moi la mémère.

—La mémère? N'importe quoi. Ma princesse, une mémère... Ah, là, là! ce que tu as pu dire comme bêtises ce soir.

—Vous êtes pénible, hein?

—Très.

—Pourquoi?

—Je ne sais pas. Peut-être parce que je dis ce que pense. Ce n'est pas si courant... Je n'ai plus peur de n'être pas aimé.

—Et par moi?

—Oh toi, tu m'aimes, je ne m'en fais pas!

—Pierre?

—Oui.

—Qu'est-ce qu'il s'est passé avec Mathilde?

Il m'a regardée. Il a ouvert la bouche et l'a refermée. Il a croisé ses jambes et les a décroisées. Il s'est levé. Il a tisonné le feu et dérangé les braises. Il a baissé la tête et murmuré :

—Rien. Il ne s'est rien passé. Ou si peu. Si peu de jours, si peu d'heures... Presque rien en vérité.

—Vous n'avez pas envie d'en parler?

—Je ne sais pas.

—Vous ne l'avez jamais revue?

—Si. Une fois. Il y a quelques années. Dans les jardins du Palais-Royal...

—Et alors?

—Alors rien.

—Comment vous l'aviez rencontrée?

—Tu sais... Si je commence, je ne sais pas quand je vais m'arrêter...

—Je vous l'ai dit, je n'ai pas sommeil.

Il s'est mis à examiner le dessin de Paul. Les mots résistaient.

—C'était quand?

—C'était... Je l'ai vue pour la première fois le 8 juin 1978 vers onze heures du matin heure locale à Hong-kong. Nous nous trouvions au vingt-neuvième étage de la tour Hyatt dans le bureau d'un monsieur Singh qui avait besoin de moi pour forer quelque part à Taïwan. Ça te fait sourire?

—Oui, c'est précis. Elle travaillait avec vous?

—Elle était ma traductrice.

—Du chinois?

—Non, de l'anglais.

—Mais vous parlez anglais, vous?

—Pas bien. Pas assez bien pour traiter ce genre d'affaires, tout cela est tellement subtil. À ce niveau-là, ce n'est plus du langage, c'est de la prestidigitation. Un sous-entendu t'échappe et tu perds vite les pédales. En plus, je ne connaissais pas les termes exacts pour traduire le jargon technique dont nous avions besoin ce jour-là et, pour couronner le tout, je ne me suis jamais fait à l'accent des Chinois. J'ai l'impression d'entendre «ting ting» à la fin de chaque mot. Je parle des mots qu'ils ne mâchonnent pas évidemment.

—Et alors?

—Alors j'étais dérouté. Je m'attendais à travailler avec un vieux monsieur anglais, un traducteur du cru avec qui Françoise avait minaudé au téléphone, «Vous allez voir, un vrai gentleman...»

Tu parles! Me voilà, sous pression, décalé d'une nuit, angoissé, noué, tremblant comme une feuille, et pas le moindre British à l'horizon. C'était un énorme marché, de quoi faire tourner la maison pendant plus de deux ans. Je ne sais pas si tu peux t'en rendre compte...

—Vous vendiez quoi au juste?

—Des cuves.

—Des cuves?

—Oui, mais attends... Pas des cuves ordinaires, des...

—Non, non, je m'en fiche! Continuez!

—Donc, je te disais, j'étais à bout de nerfs. Je travaillais sur ce projet depuis des mois, j'avais investi là-dedans des capitaux énormes. J'avais endetté la boîte et j'y avais laissé mes petites économies aussi. Je pouvais retarder la ferme-ture d'une usine près de Nancy. Dix-huit bonshommes. J'avais les frères de Suzanne sur le dos et je savais qu'ils m'attendaient au tournant, qu'ils ne me feraient pas de cadeau, ces bons à rien... En plus, j'avais une diarrhée carabinée. Excuse-moi d'être si prosaïque, mais je... Bref, je suis entré dans ce bureau comme on descend dans une arène et quand j'ai compris que c'était entre les mains de... de... de cette créature que je remettais ma vie, j'ai failli tomber dans les pommes.

—Mais pourquoi?

—Tu sais, c'est un monde très machiste, le pétrole. Maintenant, ça a un peu changé, mais à l'époque, on ne voyait pas beaucoup de femmes...

—Et puis vous aussi...

—Moi quoi?

—Vous êtes un peu machiste...

Il ne disait pas non.

—Attends, mais mets-toi à ma place une seconde! Je m'attendais à serrer la main d'un vieil Anglais flegmatique, un gars rompu aux us et coutumes des colonies avec des moustaches et un costume froissé, et me voilà en train de saluer une jeunette en lorgnant son décolleté... Oh, non, je t'assure, c'était trop pour moi. Je n'avais pas besoin de ça... Le sol se dérobait sous mes pieds. Elle m'expliquait que son Mister Magoo était souffrant, qu'on l'avait dépêchée la veille au soir, et elle me serrait la main très fort pour me donner du courage. Enfin, c'est ce qu'elle m'a dit après, qu'elle m'avait secoué comme un prunier parce qu'elle m'avait trouvé un peu pâlot.

—Il s'appelait vraiment Mister Magoo?

—Non. Je te dis n'importe quoi.

—Et après?

—Après je lui ai chuchoté à l'oreille : «Mais vous êtes au courant... Je veux dire des données du problème... C'est assez spécifique... Je ne sais pas si on vous a prévenue...»

Et là, elle m'a fait un sourire merveilleux. Un genre de sourire merveilleux qui voulait dire à peu près : Tttt... Ne m'embrouille pas mon bonhomme.

J'étais anéanti.

Je m'étais penché sur ce mignon cou. Elle sentait bon. Elle sentait merveilleusement bon... Tout se mélangeait dans ma tête. C'était la catastrophe. Elle était assise en face de moi, à la droite d'un sémillant Chinois qui me tenait par les parties, si je puis me permettre. Elle avait posé son menton sur ses doigts croisés et me jetait des regards confiants pour me donner du courage. Il y avait quelque chose de cruel dans ces petits sourires en coin, j'étais complètement dans le coaltar mais je m'en rendais bien compte. Je ne respirais plus. Je croisais mes bras sur mon ventre pour retenir ma bidoche et je priais le ciel. J'étais à sa merci. J'allais vivre les plus belles heures de ma vie.

—Comme vous racontez bien...

—Tu te moques de moi.

—Non, non, pas du tout!

—Si. Tu te moques. J'arrête.

—Non, je vous en prie! Surtout pas. Et après?

—Tu m'as coupé dans mon élan.

—Je ne dirai plus rien.

—...

—Et après?

—Après quoi?

—Après, avec le Chinetoque, comment ça s'est passé?

—Vous souriez. Pourquoi vous souriez? Racontez-moi!

—Je souris parce que c'était incroyable... Parce qu'elle était incroyable... Parce que la situation était complètement incroyable...

—Arrêtez de sourire tout seul! Racontez-moi! Racontez-moi, Pierre!

—Eh bien... D'abord, elle a sorti un étui de son sac, un petit étui en plastique façon crocodile. Elle y mettait beaucoup de componction. Ensuite, elle a posé sur son nez une affreuse paire de bésicles. Tu sais, ces petites lunettes sévères avec une monture en fer blanc. Des lunettes d'institutrice à la retraite. Et à partir de ce moment-là, son visage s'est fermé. Elle ne me regardait plus comme avant. Elle soutenait mon regard et attendait que je récite ma leçon.

Je parlais, elle traduisait. J'étais fasciné parce qu'elle commençait ses phrases avant que j'aie terminé les miennes. Je ne sais pas comment elle réussissait ce tour de force. Elle écoutait et répétait presque tout en même temps. C'était de la traduction simultanée. C'était fascinant... Vraiment... Au début, je parlais lentement et puis de plus en plus vite. Je crois que j'essayais déjà de la bousculer un peu. Elle ne cillait pas. Au contraire, elle s'amusait à finir mes phrases avant moi. Déjà elle me faisait sentir à quel point j'étais prévisible...

Et puis elle s'est levée pour traduire des courbes sur un tableau. J'en profitais pour regarder ses jambes. Elle avait un petit côté désuet, démodé, totalement anachronique. Elle portait une jupe écossaise jusqu'aux genoux, un twin-set vert foncé, des... Pourquoi tu ris encore?

—Parce que vous dites ce mot : «twin-set». Ça me fait rire.

—Mais enfin! Je ne vois pas ce qu'il y a de drôle! Qu'est-ce que tu veux que je dise d'autre?

—Rien, rien...

—Tu es idiote...

—Je me tais, je me tais.

—Même son soutien-gorge était démodé... Elle avait la poitrine pigeonnante des filles de ma jeunesse. De jolis seins, pas très gros, un peu écartés, pointus... Pigeonnants, quoi. Et puis j'étais fasciné par son ventre. Ce petit ventre rebondi, rond, rond comme un ventre d'oiseau. Ce petit ventre adorable qui déformait les carreaux de sa jupe et que je trouvais... à ma main déjà... Je cherchais à apercevoir ses pieds quand j'ai vu son trouble. Elle s'était tue. Elle était toute rose. Son front, ses joues, son cou étaient roses. Rose comme une petite écrevisse. Elle me regardait effarée.

«Que se passe-t-il? ai-je demandé.

—Vous... Vous n'avez pas compris ce qu'il a dit?

—Nn... Non. Qu'est-ce qu'il a dit?

—Vous n'avez pas compris ou vous n'avez pas entendu?

—Je... Je ne sais pas... Je n'ai pas écouté, je crois... »

Elle regardait par terre. Elle était émue. J'imaginais le pire, le désastre, la gaffe, la grosse bourde... et je mettais la clef sous la porte pendant qu'elle resserrait son chignon.

«Que se passe-t-il? Il y a un problème?»

Le Chinois riait, lui disait quelque chose que je ne comprenais toujours pas. J'étais complètement perdu. Je ne comprenais rien. Je passais pour un con, oui!

«Mais, qu'est-ce qu'il dit? Dites-moi ce qu'il a dit!!»

Elle bafouillait.

«C'est foutu, c'est ça?

—Non, non, je ne crois pas...

—Alors quoi?

—Monsieur Singh se demande si c'est une bonne idée de traiter d'un si gros business avec vous aujourd'hui...

—Mais pourquoi? Qu'est-ce qui ne va pas?»

Je me tournais vers lui pour le rassurer. J'opinais bêtement du chef et tentais un sourire de *french manager* conquérant. Je devais être ridicule... Et l'autre gros père qui se marrait toujours... Il était si content de lui qu'on ne distinguait plus ses yeux.

«J'ai dit une bêtise?

—Non.

—Vous avez dit une bêtise?

—Moi? Mais non! Je me contente de répéter votre charabia!

—Mais alors quoi?!»

Je sentais de grosses gouttes de sueur dégouliner sous mes aisselles.

Elle riait, s'éventait. Semblait un peu nerveuse.

«Monsieur Singh dit que vous n'êtes pas concentré.

—Mais si, je suis concentré! Je suis très concentré! *I am very concentrated!*

—*No, no,* répondait-il en secouant la tête.

—Monsieur Singh dit que vous n'êtes pas concentré parce que vous êtes en train de tomber amoureux et monsieur Singh ne veut pas traiter une affaire avec un Français qui tombe amoureux. Il dit que c'est trop dangereux.»

C'est moi qui suis devenu cramoisi.

«Non, non... *No, no!* Ça va. *I am fine, I mean I am calm... I... I...*»

Et vers elle :

«Dites-lui que ce n'est pas vrai. Que ça va. Que tout est bien pour moi. Dites-lui que... *I am okay. Yes, yes, I'm okay.*»

Je m'agitais.

Elle avait retrouvé son petit sourire du début.

«Ce n'est pas vrai?»

Dans quel merdier m'étais-je embourbé?

«Non, enfin si, enfin non, enfin ce n'est pas le problème... Je veux dire ce n'est pas un problème... Je... *There
is* NO *problem, I am fine!*»

Je crois qu'ils se foutaient tous de ma gueule. Le gros
Singh, ses acolytes et la demoiselle.

Elle n'a pas cherché à me réconforter :

«C'est vrai ou ce n'est pas vrai?»

Quelle garce. Était-ce vraiment le moment?

«Ce n'est pas vrai, ai-je menti.

—Ah, bon! Vous m'avez fait peur... »

Quelle garce, pensais-je encore.

Elle venait de me mettre K.O. debout.

—Et ensuite?

—Ensuite, le travail a repris. Très pro. Comme si de
rien n'était. J'étais trempé. J'avais l'impression d'avoir pris
du 220 dans les pattes et je n'en menais pas large. Je ne la
regardais plus. Je ne voulais plus la regarder. Je ne voulais
plus qu'elle existe. Je ne pouvais plus me tourner vers elle.
Je voulais qu'elle disparaisse dans un trou de souris et dis-
paraître avec elle. Et plus je l'ignorais, plus je tombais
amoureux d'elle. C'était exactement comme je te disais
tout à l'heure, comme une maladie. Tu sais comment ça
se passe... Tu éternues. Une fois. Deux fois. Tu frissonnes
et voilà. C'est trop tard. Le mal est fait. Là, c'était la même
chose : j'étais pris, j'étais fichu. Il n'y avait plus rien à es-
pèrer et quand elle me répétait les paroles du vieux Singh,

je plongeais dans mes dossiers la tête en avant. Elle devait bien s'amuser. Ce calvaire a duré presque trois heures... Qu'est-ce que tu as? Tu as froid?

—Un peu, mais ça va, ça va... Continuez. Que s'est-il passé après?

Il s'était penché pour m'aider à remonter la couverture.

—Après, rien. Après... Je viens de te le dire, je venais de vivre le meilleur... Après je... C'était... Après c'est devenu plus triste.

—Mais pas tout de suite?

—Non. Pas tout de suite. Il y a eu un peu de rab... Mais tous les moments que nous avons partagés après cette séance de travail, c'était comme si je les avais volés...

—Volés à qui?

—À qui? À quoi? Si seulement je le savais...

Après, j'ai rangé mes feuilles et rebouché mon stylo. Je me suis levé, j'ai serré la main de mes bourreaux et j'ai quitté cette pièce. Et dans l'ascenseur, quand les portes se sont fermées, j'ai eu vraiment l'impression de tomber dans un trou. J'étais épuisé, vidé, à bout de forces et au bord des larmes. Les nerfs, je pense... Je me sentais si misérable, si seul... Si seul surtout. Je suis retourné dans ma chambre d'hôtel, j'ai commandé un whisky et me suis fait couler un bain. Je ne savais même pas son nom. Je ne savais rien d'elle. J'énumérais les choses que je savais : elle parlait remarquablement bien l'anglais. Elle était intelligente... Très intelligente... Trop intelligente? Ses connaissances techniques, scientifiques et sidérurgiques me laissaient pantois. Elle était brune. Elle était très jolie. Elle devait mesurer... Allez quoi... 1 mètre 66 peut-être... Elle s'était moquée de moi. Elle ne portait pas d'alliance et laissait deviner le plus mignon de tous les ventres. Elle... Quoi d'autre encore? Je perdais espoir à mesure que mon bain refroidissait.

Le soir, je suis allé dîner avec des types de la Comex. Je n'ai rien mangé. J'acquiesçais. Je répondais oui ou non sans savoir. Elle me hantait.

Elle me hantait, tu comprends?

Il s'était agenouillé devant la cheminée et activait lentement le soufflet.

—Quand je suis revenu à l'hôtel, la réceptionniste m'a tendu un message avec ma clé. Une petite écriture me demandait encore :

«Ce n'était pas vrai?»

Elle était assise au bar et me regardait en souriant.

Je me suis approché en me frappant doucement la poitrine.

Je tapotais mon pauvre cœur détraqué pour qu'il se remette à battre.

J'étais si heureux. Je ne l'avais pas perdue. Pas encore.

Si heureux et surpris aussi parce qu'elle avait changé de

tenue. Elle portait maintenant un vieux blue-jean et un tee-shirt informe.

«Vous vous êtes changée?

—Euh... Oui.

—Mais pourquoi?

—Quand vous m'avez vue tout à l'heure, j'étais déguisée. Je m'habille comme ça quand je travaille avec les Chinois de la vieille école. J'ai remarqué que ça leur plaisait, ce côté *old-fashioned,* que ça les rassurait... Je ne sais pas... Ils se sentent plus en confiance... Je me déguise en vieille fille et je deviens inoffensive.

—Mais vous n'aviez pas l'air d'une vieille fille, je vous assure! Vous... Vous étiez très bien... Vous... Je... Enfin, je trouve ça dommage...

—Que je me sois changée?

—Oui.

—Vous aussi, vous me préfériez plus inoffensive?»

Elle souriait. Je fondais.

«Je ne crois pas du tout que vous soyez moins dangereuse dans votre petite jupe écossaise. Je ne le crois pas du tout, du tout, du tout.»

Nous avons commandé des bières chinoises. Elle s'appelait Mathilde, elle avait trente ans et si elle m'avait épaté, elle n'avait aucun mérite : son père et ses deux frères travaillaient pour la compagnie Shell. Elle connaissait tout ce jargon par cœur. Elle avait habité tous les pays pétroliers du monde, fréquenté cinquante écoles et appris des milliers de gros mots dans toutes les langues. Elle ne pouvait pas dire où elle vivait exactement. Elle ne possédait rien. Que des souvenirs. Que des amis. Elle aimait son travail. Traduire des pensées et jongler avec les mots. En ce moment, elle était à Hongkong car il suffisait de tendre la main pour trouver du travail. Elle aimait cette ville où les gratte-ciel poussent en une nuit et où l'on peut dîner dans un bouge un peu louche en marchant cinquante mètres de plus. Elle aimait l'énergie de cette ville. Elle avait passé quelques années en France quand elle était enfant et y revenait de temps en temps pour voir ses cousins. Un jour elle achèterait une maison là-bas. N'importe quoi n'importe où. Du moment qu'il y avait des vaches et une cheminée. En même temps qu'elle disait cela, elle riait, elle avait peur des vaches! Elle me volait des cigarettes et répondait à toutes mes questions en commençant par lever les yeux au ciel. Elle m'en posait certaines mais je les chassais, je voulais l'entendre, elle, je voulais entendre le son de sa voix, son petit accent, ses expressions incertaines ou démodées. Je n'en perdais pas une miette. Je voulais m'imprégner d'elle, de son visage. Déjà j'adorais son cou, ses mains, la forme de ses ongles, son front un peu bombé, son petit nez adorable, ses grains de beauté, ses cernes, ses yeux graves... J'étais complètement gaga. Tu souris encore?

—Je ne vous reconnais pas...

—Tu as toujours froid?

—Non, ça va.

—Elle me fascinait... J'aurais voulu que le monde s'arrête de tourner. Que cette nuit ne finisse jamais. Je ne voulais plus la quitter. Plus jamais. Je voulais rester avachi dans ce fauteuil et l'écouter me raconter sa vie jusqu'à la fin des temps. Je voulais l'impossible. Sans le savoir, j'inaugurais là la teneur de notre histoire... des heures suspendues, irréelles, impossibles à retenir, à endiguer. Impossibles à savourer aussi. Et puis elle s'est levée. Elle travaillait tôt le lendemain. Toujours pour Singh and Co. Elle l'aimait bien ce vieux renard, mais il fallait qu'elle dorme parce qu'il était terrible! Je me suis levé en même temps qu'elle. Mon cœur me lâchait de nouveau. J'avais peur de la perdre. J'ai baragouiné quelque chose pendant qu'elle enfilait sa veste.

«Pardon?

—Jeeurouerdre.

—Qu'est-ce que vous dites?

—Je dis que j'ai peur de vous perdre.»

Elle a souri. Elle ne disait rien. Elle souriait et pivotait légèrement d'avant en arrière en se retenant au col de sa veste. Je l'ai embrassée. Sa bouche était fermée. J'ai embrassé son sourire. Elle a secoué la tête et m'a repoussé gentiment.

J'aurais pu tomber à la renverse.

. . .

—C'est tout?

—Oui.

—Vous ne voulez pas me raconter la suite, c'est ça? C'est carré blanc?

—Pas du tout! Pas du tout, ma pauvre... Elle est repartie et je me suis rassis. J'ai passé le reste de la nuit à rêvasser en lissant son petit mot sur ma cuisse. Rien de très sulfureux, tu vois...

—Oh! quand même... C'était votre cuisse...

—Que tu es bête ma fille.

Je ricanai.

—Mais pourquoi était-elle revenue, alors?

—C'est exactement la question que je me suis posé cette nuit-là et le lendemain et le jour d'après et tous les autres jours jusqu'à ce que je la revoie...

—Vous l'avez revue quand?

—Deux mois plus tard. Elle a débarqué en plein mois d'août, un soir, dans mon bureau. Je n'attendais personne. J'étais revenu de vacances un peu plus tôt pour travailler au calme. La porte s'est ouverte et c'était elle. Elle était passée comme ça. Au hasard. Elle revenait de Normandie et attendait le coup de téléphone d'une amie pour repartir. Elle m'avait cherché dans l'annuaire et voilà.

Elle me rapportait le stylo que j'avais laissé à l'autre

bout du monde. Elle avait déjà oublié de me le rendre au bar, mais cette fois, elle y pensait tout de suite et farfouillait déjà dans son sac.

Elle n'avait pas changé. Je veux dire, je ne l'avais pas idéalisée, je lui ai demandé :

«Mais... Vous ne venez que pour ça? Pour le stylo?

—Oui, bien sûr. C'est un beau stylo. J'ai pensé que vous y teniez.»

Elle me l'a tendu en souriant. C'était un Bic. Un Bic rouge.

Je ne savais plus quoi faire. Je... Elle m'a pris dans ses bras et je me suis laissé surprendre. Le monde m'appartenait.

Nous avons traversé Paris en nous donnant la main. Depuis le Trocadéro jusqu'à l'île de la Cité en longeant la Seine. C'était une soirée magnifique. Il faisait chaud. La lumière était douce. Le soleil n'en finissait pas de se coucher. Nous étions comme deux touristes, insouciants, émerveillés, la veste sur l'épaule et les doigts emmêlés. Je faisais le guide. Je n'avais pas marché comme ça depuis des années. Je redécouvrais ma ville. Nous avons dîné place Dauphine et passé les jours suivants dans sa chambre d'hôtel. Je me souviens du premier soir. De son goût salé. Elle avait dû se baigner juste avant de prendre le train. Je m'étais relevé dans la nuit parce que j'avais soif. Je... C'était merveilleux.

C'était merveilleux et complètement truqué. Tout était faux. Ce n'était pas la vie. Ce n'était pas Paris. C'était le mois d'août. Je n'étais pas un touriste. Je n'étais pas célibataire. Je mentais. Je me mentais. À moi, à elle, à ma famille. Elle n'était pas dupe et quand est venue l'heure de la gueule de bois, des coups de fil à passer et des mensonges à assumer, elle est repartie.

Devant la porte d'embarquement, elle m'a déclaré :

«Je vais essayer de vivre sans vous. J'espère que j'y arriverai...»

Je n'ai pas eu le courage de l'embrasser.

Le soir, je suis allé dîner au Drugstore. Je souffrais. Je souffrais comme s'il me manquait quelque chose, comme si l'on m'avait amputé d'un bras ou d'une jambe. C'était incroyable comme sensation. Je ne comprenais pas ce qui m'arrivait. Je me souviens que j'avais dessiné deux silhouettes sur la nappe en papier. La silhouette de gauche, c'était elle de face et celle de droite, elle de dos. Je cherchais à me souvenir de l'emplacement exact de ses grains de beauté et quand le garçon s'est approché et qu'il a vu tous ces petits points, il m'a demandé si j'étais acuponcteur. Je ne comprenais pas ce qui m'arrivait, mais quand même, je pressentais que c'était grave! Pendant quelques jours, j'avais été moi-même. Ni plus, ni moins que moi-même. Quand j'étais avec elle, j'avais l'impression d'être un type bien... C'était aussi simple que ça. Je ne savais pas que je pouvais être un type bien.

J'aimais cette femme. J'aimais cette Mathilde. J'aimais

le son de sa voix, son esprit, son rire, son regard sur le monde, cette espèce de fatalisme des gens qui se sont beaucoup promenés. J'aimais son rire, sa curiosité, sa discrétion, sa colonne vertébrale, ses hanches un peu saillantes, ses silences, sa douceur et... tout le reste. Tout... Tout. Je priais pour qu'elle ne puisse plus vivre sans moi. Je ne pensais pas aux conséquences de notre histoire. Je venais juste de découvrir que la vie était beaucoup plus gaie quand on était heureux. Il m'avait fallu quarante-deux ans pour le découvrir et j'étais si émerveillé que je m'interdisais de tout gâcher en scrutant l'horizon. J'étais le Ravi de la crèche...

Il nous resservait à boire.

—C'est aussi à partir de ce moment-là que je suis devenu un *workoholic,* comme disent les Américains. Je passais le plus clair de mon temps dans mon bureau. J'arrivais avant les autres et repartais bon dernier. Je travaillais le samedi et piaffais tout le dimanche. Je prétextais n'importe quoi. J'avais finalement décroché le contrat avec Taïwan et pouvais manœuvrer plus librement encore. J'en profitais pour échafauder d'autres projets. Plus ou moins raisonnables. Et tout ça, tous ces jours et toutes ces heures insensées pour une seule raison : parce que j'espérais son coup de téléphone.

Une femme était quelque part sur cette planète, peut-être à deux pas, peut-être â dix mille kilomètres et la seule chose qui comptait, c'était qu'elle puisse me joindre.

J'étais confiant. J'étais plein d'énergie. Je crois que j'étais assez heureux à cette époque de ma vie parce que même si je n'étais pas avec elle, je savais qu'elle existait. C'était déjà inespéré.

J'ai eu de ses nouvelles quelques jours avant Noël. Elle allait venir en France et me demandait si j'étais libre à déjeuner la semaine suivante. Nous nous sommes donné rendez-vous dans le même petit bar à vin, mais voilà, ce n'était plus l'été et quand elle a voulu prendre ma main, je l'ai retirée prestement. «Vous êtes connu ici?», m'a-t-elle demandé en piquant du nez.

Je l'avais blessée. J'étais malheureux. Je la lui ai rendue, mais elle n'en a rien fait. Le temps se couvrait alors que nous ne nous étions pas encore retrouvés. Je l'ai rejointe le soir même dans une autre chambre d'hôtel et quand, enfin, j'ai pu glisser mes doigts dans ses cheveux, j'ai recommencé à vivre.

Je... J'aimais faire l'amour avec elle.

Le lendemain après-midi, nous nous sommes revus au même endroit et le jour d'après encore... C'était l'avant-veille de Noël, nous allions nous séparer, je voulais lui demander quels étaient ses projets mais je n'osais pas ouvrir la bouche. La peur était là. Ce truc dans mon ventre qui m'empêchait de lui sourire.

Elle était assise sur le lit. Je suis venu contre elle et j'ai posé ma tête sur ses cuisses.

«Qu'allons-nous devenir? a-t-elle demandé.»

Je me taisais.

«Vous savez, quand vous êtes parti hier en me laissant dans cette chambre en plein milieu de l'après-midi, je me suis dit que je ne revivrai plus jamais ça. Plus jamais, vous m'entendez? Plus jamais... Je me suis rhabillée, je suis sortie. Je ne savais pas où aller. Je ne veux plus revivre ça, je ne veux plus m'allonger avec vous dans une chambre et vous voir partir après. C'est trop dur.»

Elle articulait difficilement.

«Je m'étais promis de ne jamais revivre avec un homme qui me ferait souffrir. Je crois que je ne le mérite pas, vous comprenez? Je ne le mérite pas. Alors, c'est la raison pour laquelle je vous le demande : qu'allons-nous devenir?»

Je restais muet.

«Vous ne dites rien? Je m'en doutais. Qu'est-ce que vous pouvez dire de toute façon? Qu'est-ce que vous pouvez faire? Vous avez votre femme et vos enfants. Et moi, qu'est-ce que je suis? Je ne suis presque rien dans votre vie. Je vis si loin... Si loin et si étrangement... Je ne sais rien faire comme les autres. Je n'ai pas de maison, pas de meubles, pas de chat, pas de livre de cuisine et pas de projets. Je croyais que c'était moi la plus maligne, que j'avais compris la vie mieux que les autres, et je me congratulais parce que je n'étais pas tombée dans le piège. Et puis vous voilà, et je me sens complètement perdue.

Maintenant, j'aimerais bien m'arrêter de courir un peu parce que je trouve que la vie est belle avec vous. Je vous l'avais dit que j'essaierai de vivre sans vous... J'essaie, j'essaie, mais je ne suis pas très vaillante, je pense à vous tout le temps. Alors je vous le demande maintenant et pour la dernière fois peut-être, qu'avez-vous l'intention de faire de moi?

—Vous aimer.

—Mais encore?

—Je vous promets que je ne vous abandonnerai plus jamais dans une chambre d'hôtel. Je vous le promets.»

Et je me suis retourné pour enfoncer mon visage entre ses jambes. Elle m'a soulevé par les cheveux.

«Mais quoi encore?

—Je vous aime. Je ne suis heureux qu'avec vous. Je n'aime que vous. Je... Je... Faites-moi confiance...»

Elle a relâché ma tête et notre conversation s'est étouffée là. Je l'ai prise tendrement mais elle ne s'abandonnait pas, elle se laissait faire. C'était toute la différence.

—Que s'est-il passé ensuite?

—Ensuite nous nous sommes quittés pour la première fois... Je dis «première fois» parce que nous nous sommes tellement quittés... Et puis je l'ai rappelée... Je l'ai suppliée... J'ai trouvé un prétexte pour retourner en Chine. J'ai vu sa chambre, sa logeuse...

J'y suis resté une semaine et pendant qu'elle travaillait, j'ai joué au plombier, à l'électricien, au maçon. Je m'échinais pour cette mademoiselle Li qui passait son temps à chanter en caressant ses oiseaux. Elle m'a fait visiter le port de Hongkong et m'a emmené chez une vieille dame anglaise qui croyait que j'étais Lord Mountbatten! J'ai joué le jeu, tu penses... !

—Est-ce que tu réalises ce que tout cela représentait pour moi? Pour le petit garçon qui n'avait pas osé monter au sixième? Toute ma vie tenait entre deux arrondissements de Paris et une petite maison à la campagne. Je n'avais jamais vu mes parents heureux, mon unique frère était mort en s'étouffant et j'avais épousé mon premier flirt, la sœur d'un de mes amis, parce que je n'avais pas su me retirer à temps...

Oui, c'était ça ma vie. C'était ça...

Est-ce que tu réalises? J'avais l'impression de naître une seconde fois. J'avais l'impression que tout recommençait aujourd'hui, dans ses bras, sur ces eaux douteuses, dans le cagibi humide de mademoiselle Li...

Il s'était tu.

—C'était Christine?

—Non, c'était avant Christine... C'était une fausse couche.

—Je ne savais pas.

—Personne ne sait. Pourquoi savoir? Je me suis marié à une jeune fille que j'aimais, mais comme on aime une jeune fille. Un amour romantique et pur. Les premiers émois... Ce fut une fête assez triste. J'avais l'impression de faire ma première communion pour la seconde fois.

Suzanne non plus, n'avait pas dû imaginer un tel raccourci... Elle perdait d'un coup sa jeunesse et ses illusions. Nous perdions tout cela pendant que mon beau-père gagnait un gendre parfait. Je sortais de l'École des mines et il ne pouvait rêver meilleur parti puisque ses fils étaient des... *littéraires.* Il prononçait ce mot du bout des lèvres.

Suzanne et moi n'étions pas follement amoureux, mais nous étions dociles. À l'époque, ceci compensait bien cela.

Je te raconte tout ça, mais je doute fort que tu puisses y voir clair. Les choses ont tellement changé... C'était il y quarante ans et cela semble deux siécles. C'était à une époque où les jeunes filles se mariaient quand elles n'avaient plus leurs règles. Pour vous, c'est de la préhistoire.

Il se frottait le visage.

—Où j'en étais déjà? Ah oui... Je disais que je me retrouvais de l'autre côté de la Terre avec une femme qui gagnait sa vie en sautillant d'un continent à l'autre et qui semblait m'aimer pour ce que j'étais, pour ce qu'il y avait là-dedans, à l'intérieur. Une femme qui m'aimait, j'ai presque envie de dire : tendrement. Oui, tout cela était très nouveau. Très exotique. Une femme merveilleuse qui me regardait manger de la soupe de cobra aux fleurs de chrysanthème en retenant son souffle.

—C'était bon?

—Un peu gélatineux à mon goût...

Il souriait.

—Et quand j'ai repris l'avion, pour la première fois de ma vie je n'ai pas eu peur. Je me disais : il peut exploser, il peut tomber comme une pierre et s'écraser, ce n'est pas grave.

—Pourquoi vous vous disiez ça?

—Pourquoi?

—Ben oui... Moi je me serais dit le contraire... Je me serais dit : «Maintenant je sais vraiment pourquoi j'ai peur et ce putain d'avion n'a pas intérêt à tomber!»

—Oui, tu as raison. C'eût été plus malin... Mais voilà, et nous touchons là le nœud du problème, je ne me disais pas ça. Je devais presque même espérer qu'il tombe... Ma vie s'en serait trouvée tellement simplifiée...

—Vous veniez de rencontrer la femme de votre vie et vous envisagiez de mourir?

—Je ne t'ai pas dit que je voulais mourir!

—Non, je n'ai pas dit ça non plus. J'ai dit que vous «envisagiez» de mourir...

—Je crois que j'envisage de mourir tous les jours, pas toi?

—Non.

—Tu penses que ta vie vaut quelque chose?

—Euh... Oui... Un peu quand même... Et puis il y a les petites...

—C'est une bonne raison.

Il s'était renfoncé dans le fauteuil et son visage avait de nouveau disparu.

—Oui. Je suis d'accord avec toi, c'était absurde. Mais je venais d'être si heureux. Si heureux... J'étais intrigué et un peu épouvanté aussi. Était-ce normal d'être si heureux? Était-ce juste? Quel prix allais-je devoir payer pour tout ça?

Parce que... Est-ce que c'est dû au poids de mon éducation ou à l'instruction des bons pères? Était-ce dans mon caractère? Je ne saurais pas bien faire la part des choses mais ce qui est sûr, c'est que je me suis toujours comparé à un animal de labour. Le mors, la bride, les œillères, les brancards, le soc, le joug, la charrette, le sillon... Tout ce folklore... Depuis que je suis gamin, je marche dans la rue en baissant la tête et en regardant fixement le sol comme si c'était une croûte à fendre, une écorce trop sèche.

Le mariage, la famille, le travail, les méandres de la vie sociale, tout. J'ai tout traversé tête baissée et mâchoires serrées. Tout appréhendé avec défiance. D'ailleurs je suis, enfin j'étais, bon au squash et ce n'est pas un hasard; j'aimais me sentir enfermé dans une pièce trop petite et cogner le plus fort possible dans une balle pour qu'elle me revienne dans le bras comme un boulet de canon. J'adorais ça.

«Toi, tu aimes le squash et moi, le Jokari, tout est là...», avait résumé Mathilde un soir alors qu'elle massait mon épaule endolorie. Elle s'était tue un moment et avait ajouté : «Tu devrais réfléchir à ce que je viens de dire, ce n'est pas bête du tout. Les gens qui sont rigides à l'intérieur rebondissent sur la vie en se faisant tout le temps mal, alors que les gens qui sont mous... non, pas mous, mais souples plutôt, oui, c'est ça, souples à l'intérieur, eh bien, quand ils prennent des chocs, ils souffrent moins... Je crois que tu devrais te mettre au Jokari, c'est beaucoup plus amusant. Tu tapes dans la balle, tu ne sais pas où elle reviendra, mais tu sais qu'elle reviendra à cause de la ficelle et ça, c'est un suspense délicieux. Moi tu vois, par exemple, eh bien j'ai souvent cette impression... Que je suis ta balle de Jokari...»

Je n'ai pas relevé et elle a continué de me frotter en silence.

—Vous n'avez jamais envisagé de recommencer votre vie avec elle?

—Si, bien sûr... Mille fois.

Mille fois j'ai voulu et mille fois j'ai renoncé... J'avançais tout au bord du gouffre, je me penchais et je repartais en courant. Je me sentais responsable de Suzanne, des enfants.

Responsable de quoi? Encore une question troublante... Je m'étais engagé. J'avais signé, j'avais promis, je devais assumer. Adrien avait seize ans et rien n'allait. Il changeait de lycée tout le temps, écrivait *No future* dans l'ascenseur et n'avait qu'une idée en tête : aller à Londres et en revenir avec un rat sur l'épaule. Suzanne était effondrée. Quelque chose lui résistait. Qui lui avait changé son petit garçon? Pour la première fois, je la voyais chanceler sur sa base et rester des soirées entières sans ouvrir la bouche. Je m'imaginais mal en train d'assombrir encore la situation. Et puis je me disais... Je me disais que...

—Qu'est-ce que vous vous disiez?

—Attends, c'est tellement grotesque... Il faudrait que je retrouve les mots de l'époque... Je devais me dire quelque chose comme : «Je suis un modèle pour mes enfants. Les voici à l'aube de leur vie, bientôt au pied du mur, à l'âge où ils vont songer à s'engager, quel exemple calamiteux pour eux si je quitte leur mère maintenant...» Tu notes les effets de manches, là? «Comment pourront-ils faire face ensuite? Et quels désordres suis-je en train de causer? Quel irréparable outrage? Je n'ai pas été un père parfait, loin s'en faut, mais je reste le modèle de référence le plus évident, le plus proche, donc... hum hum... je dois me tenir.»

Il grinçait.

—C'était beau, hein? Avoue que c'était sublime, non?

Je me taisais.

—Je pensais surtout à Adrien... À être un modèle d'engagement pour mon fils Adrien... Tu as le droit de ricaner avec moi, tu sais. Ne t'en prive pas. On n'a pas si souvent l'occasion d'entendre une bonne histoire.

Je secouais la tête.

—Et pourtant... Oh... et puis à quoi bon? Tout ça est tellement loin... Tellement loin...

—Pourtant quoi?

—Eh bien... À un moment quand même, je suis venu tout près du gouffre... Vraiment très près... J'avais entrepris des démarches pour trouver un studio, je songeais à emmener Christine en week-end, je réfléchissais aux mots et répétais certaines scènes dans ma voiture. J'avais même pris rendez-vous avec mon comptable et puis un matin, vois comme la vie est taquine, Françoise est arrivée en larmes dans mon bureau...

—Françoise? Votre secrétaire?

—Oui.

—Son mari venait de la quitter... Je ne la reconnaissais plus. Elle, si pétulante, si impérieuse, cette petite femme maîtresse d'elle-même comme de l'univers, je la voyais dépérir de jour en jour. Pleurer, maigrir, se cogner dans tout et souffrir. Souffrir tellement. Prendre des médicaments, maigrir encore, m'apporter le premier arrêt de travail de sa vie. Pleurer. Pleurer devant moi, même. Et là, quel homme admirable j'étais quand j'y repense, j'ai pris mon courage à deux mains et je suis allé hurler avec les loups. Quel salaud, approuvais-je, quel salaud. Comment peut-on faire ça à sa femme? Comment peut-on être si égoïste? Fermer la porte et se frotter les mains. Sortir de sa vie comme on sort faire un tour. Mais, mais, mais, c'est trop facile! Trop facile!

Non mais vraiment, quel salaud. Quel salaud ce type! Moi, monsieur, je ne suis pas comme vous! Je ne quitte pas ma femme, moi monsieur. Je ne quitte pas ma femme et je vous méprise... Oui, je vous méprise du plus profond de mon âme cher monsieur!

Voilà ce que je pensais. Trop heureux de m'en tirer à si bon compte. Trop heureux de me conforter et de me lustrer le poil. Oh oui, je l'ai soutenue ma Françoise, je l'ai chouchoutée. Oh oui, j'ai acquiescé souvent, oh non, lui répétais-je encore, vous n'avez pas eu de chance. Pas eu de chance...

En fait, je devais le bénir en secret, ce monsieur Jarmet que je ne connaissais ni d'Ève ni d'Adam. Je devais le bénir en secret. Il m'apportait la solution sur un plateau d'argent. Grâce à lui, grâce à son infamie, je pouvais retourner à mon petit confort la tête haute. Travail, Famille, Patrie, j'étais là. Tête haute et droit dans mes bottes! J'en tirais quelque vanité, tu t'en doutes bien, tu me connais... J'en étais arrivé à cette agréable conclusion que... je n'étais pas comme les autres. J'étais un peu au-dessus. Juste à peine, mais au-dessus. Je ne quittais pas ma femme, moi...

—C'est là que vous avez rompu avec Mathilde?

—Et pourquoi donc? Non, pas du tout. J'ai continué à la voir, seulement j'ai rangé mes plans d'évasion et cessé de perdre mon temps à visiter des studios minables. Parce que tu comprends, et comme je viens de te le démontrer brillamment, je n'étais pas de cette trempe-là, je ne foutais pas le pied dans la fourmilière. C'était bon pour les irresponsables, ça. Pour les maris à dactylos.

Il était sarcastique et tremblant de rage.

—Non, je n'ai pas rompu, j'ai continué à la sauter tendrement en lui promettant des toujours et des plus tard.

—C'est vrai?

—Oui.

—Vous parliez comme dans ces histoires sordides?

—Oui.

—Vous lui demandiez d'être patiente et lui promettiez des tas de choses?

—Oui.

—Comment elle faisait pour supporter tout ça?

—Je ne sais pas. Vraiment, je ne sais pas...

—Peut-être qu'elle vous aimait?

—Peut-être.

Il a fini son verre cul sec.

—Peut-être bien oui... Peut-être bien...

—Et vous n'êtes pas parti à cause de Françoise?

—Exactement. À cause de Jean-Paul Jarmet pour être précis. Enfin, je te dis ça, mais si ça n'avait pas été lui, j'aurais bien trouvé un autre prétexte, va. Les gens de mauvaise foi sont très forts pour trouver des prétextes. Très forts.

—C'est incroyable...

—Quoi?

—Cette histoire... De voir à quoi ça tient... C'est in-croyable...

—Non, ce n'est pas incroyable ma Chloé... Non, ce n'est pas incroyable. C'est la vie. C'est la vie de presque tout le monde. On biaise, on s'arrange, on a notre petite lâcheté dans les pattes comme un animal familier. On la caresse, on la dresse, on s'y attache. C'est la vie. Il y a les courageux et puis ceux qui s'accommodent. C'est tellement moins fati-gant de s'accommoder... Tiens, passe-moi la bouteille.

—Vous allez vous soûler?

—Non. Je ne sais pas me soûler. Je n'y suis jamais ar-rivé. Plus je bois, plus je suis lucide...

—Quelle horreur!

—Quelle horreur, comme tu dis... Je te sers?

—Non merci.

—Tu veux une tisane maintenant?

—Non, non. Je suis... Je ne sais pas ce que je suis... Stupéfaite, peut-être...

—Stupéfaite de quoi?

—De vous, tiens! Je ne vous avais jamais entendu prononcer plus de deux phrases à la suite, jamais un mot plus haut que l'autre, jamais d'états d'âme. Depuis le temps que je vous vois dans votre habit de Grand Inquisiteur... Je ne vous ai jamais surpris en flagrant délit de faiblesse ou de sensiblerie et puis là, tout à coup, vous me balancez tout ça sans crier gare...

—Je t'ai choquée?

—Non, non, pas du tout! Pas du tout! Au contraire! Au contraire... Mais... Mais comment vous avez du jouer ce rôle-là tout le temps?

—Quel rôle?

—Ben, celui-là... Ce rôle de vieux con.

—Mais je suis un vieux con, Chloé! Je suis un vieux con. C'est ce que je suis en train de t'expliquer depuis tout à l'heure enfin!

—Mais non! Si vous vous en rendez compte c'est que vous n'en êtes pas un, justement! Les vrais, ils ne se rendent compte de rien!

—Tttt, ne crois pas ça... C'est encore une de mes ruses pour m'en tirer honorablement. Je suis très fort...

Il me souriait.

—C'est incroyable... Incroyable...

—Quoi?

—Mais tout ça... Tout ce que vous m'avez raconté...

—Non, ce n'est pas incroyable. C'est très banal au contraire.

Très très banal... Je parle aujourd'hui parce que c'est toi, parce que c'est ici, dans cette pièce, dans cette maison, parce qu'il fait nuit et parce que Adrien te fait souffrir. Parce que son choix me désespère et me rassure aussi. Parce que je n'aime pas te voir malheureuse, j'ai trop fait souffrir moi-même... Et parce que je préfère te voir souffrir beaucoup aujourd'hui plutôt qu'un peu toute ta vie.

J'en vois des gens souffrir un peu, rien qu'un peu, rien qu'à peine mais juste ce qu'il faut pour tout rater, tu sais... Oui, à mon âge, je vois ça beaucoup... Des gens qui sont encore ensemble parce qu'ils se sont arc-boutés là-dessus, sur cette petite chose ingrate, leur petite vie sans éclat. Tous ces arrangements, toutes ces contradictions... Et tout ça pour en finir là...

Bravo, bravo, bravo! On a tout enterré, nos amis, nos rêves et nos amours, et maintenant, ça va être notre tour! Bravo, les amis!

Il applaudissait.

—Retraités... Retraités de tout. Je les hais. Je les hais, tu m'entends? Je les hais parce qu'ils me renvoient ma propre image. Ils sont là, vautrés dans leur bonne satisfaction.

Le navire a tenu bon, le navire a tenu bon! semblent-ils nous dire sans jamais s'épauler. Mais à quel prix bon Dieu? À quel prix?! Il y a des regrets, des remords, des fêlures et des compromissions qui ne cicatrisent pas, qui ne cicatriseront jamais. Jamais, tu m'entends! Même aux Hespérides. Même avec les arrière-petits-enfants assis tout autour pour la photo. Même en répondant exactement en même temps à une question de Julien Lepers.

Je ne sais pas s'il n'était jamais ivre, mais enfin...

Il a cessé de parler et de gesticuler et nous sommes restés comme ça un long moment. En silence. À compter les escarmouches du feu.

. . .

—Je n'ai pas fini mon histoire avec Françoise...

Il s'était calmé et je devais tendre l'oreille à présent pour l'entendre.

—Il y a quelques années, en 94 je crois, elle est tombée gravement malade... Gravement... Une saloperie de cancer lui mangeait tout le ventre. On a commencé par lui enlever un ovaire, puis deux, puis l'utérus... enfin, je n'en sais pas beaucoup plus parce que je n'ai jamais été son confident tu imagines, mais il s'est avéré que c'était beaucoup plus grave que prévu. Françoise comptabilisait ses semaines à vivre. Elle espérait Noël. Pâques, c'était trop demander.

Un jour, je lui ai téléphoné à l'hôpital en lui proposant de la licencier avec des indemnités royales pour qu'elle puisse faire le tour du monde dès sa sortie. Qu'elle se rende chez les plus grands couturiers pour choisir les plus jolies robes et qu'elle aille se pavaner sur le pont d'un grand paquebot en sirotant des Pimm's. Françoise adore le Pimm's...

«Gardez donc vos sous, j'en boirai avec les autres le jour où vous prendrez votre retraite!»

Nous avons plaisanté. Nous étions de bons comédiens, la gorge sèche mais la repartie heureuse. Les derniers pronostics étaient catastrophiques. Je l'avais su par sa fille. Noël devenait improbable.

«Ne croyez pas tout ce qu'on raconte, ce n'est pas encore cette fois que vous pourrez me remplacer par une petite jeune...», m'avait-elle prévenu dans un souffle avant de raccrocher. J'ai fait semblant de bougonner et je me suis retrouvé en larmes en plein après-midi. Je venais de découvrir à quel point je l'aimais, elle aussi. À quel point j'avais besoin d'elle. Dix-sept ans que nous travaillions ensemble. Tout le temps. Tous les jours. Dix-sept ans qu'elle me supportait, qu'elle m'aidait... Elle savait pour Mathilde et n'avait jamais rien dit. Ni à moi, ni à personne. Elle me souriait quand j'étais malheureux et haussait les épaules quand j'étais désagréable. Elle avait à peine vingt ans quand elle est arrivée. Elle ne savait rien faire. Elle sortait de l'école hôtelière et avait rendu son tablier parce qu'un cuisinier lui avait pincé les fesses. Elle ne voulait pas qu'on lui pince les fesses. Voilà ce qu'elle m'avait dit lors de notre premier entretien. Elle ne voulait pas qu'on lui pince les fesses et elle ne voulait pas retourner chez ses parents dans la Creuse. Elle y retournerait quand elle aurait une voiture bien à elle pour être sûre de pouvoir repartir! Je l'avais embauchée à cause de cette phrase.

Elle aussi, c'était ma princesse...

Je l'appelais de temps en temps pour dire du mal de sa remplaçante.

Et puis je suis allé lui rendre visite longtemps après, quand elle me l'a enfin permis. C'était le printemps. On l'avait changée d'hôpital. Le traitement était moins dur et ses progrès avaient redonné courage aux médecins qui passaient la féliciter tous les jours pour sa hargne et sa bonne humeur. Elle m'avait dit au téléphone qu'elle recommençait à donner son avis sur tout et à tout le monde. Elle avait des idées pour la décoration et mettait en place une tournante de patchwork. Elle critiquait leurs dysfonctionnements, leur organisation aberrante. Elle avait demandé à rencontrer le chef du comité d'entreprise pour régler avec lui quelques détails évidents. Je la charriais. Elle se défendait : «Mais je leur parle de bon sens! Uniquement de bon sens, vous savez!» Elle avait repris du poil de la bête et je roulais vers la clinique le cœur léger.

Pourtant, j'ai eu un choc en la revoyant. Ce n'était plus *my fair lady,* c'était un petit poulet jaune. Son cou, ses joues, ses mains, ses bras, tout avait disparu. Sa peau était jaunâtre et un peu épaisse, ses yeux avaient doublé de taille et ce qui me choquait le plus, c'était sa perruque. Elle avait dû la mettre un peu vite et la raie n'était pas au milieu. J'essayais de lui donner des nouvelles du bureau, du bébé de Caroline et des contrats en cours mais j'étais obsédé par cette perruque, j'avais peur qu'elle glisse.

À ce moment-là, un homme a frappé. «Houps», a-t-il dit en me voyant avant de tourner les talons. Françoise l'a rappelé. «Pierre, je vous présente Simon, mon ami. Je crois que vous ne vous êtes jamais rencontrés...» Je me suis levé. Non, jamais. Je ne savais même pas qu'il existait. Nous étions si pudiques, Françoise et moi... Il m'a serré la main très fort et j'ai vu dans son regard toute la bonté du monde. Deux petites billes grises, intelligentes, vives et douces. Pendant que je me rasseyais, il s'est approché de Françoise pour l'embrasser et là, tu sais ce qu'il a fait?

—Non.

—Il a pris ce petit visage de poupée cassée entre ses mains comme s'il avait voulu l'embrasser avec fougue et il en a profité pour recaler sa perruque. Elle a pesté en lui demandant de faire un peu attention, que j'étais son patron quand même, et il a ri avant de s'éclipser en prétextant l'achat d'un journal.

Et quand il a refermé la porte, Françoise s'est tournée lentement vers moi. Ses yeux étaient plein de larmes. Elle a murmuré : «Sans lui, j'y serais restée, vous savez... Si je me bats, c'est parce que j'ai encore tellement de choses à faire avec lui. Tellement de choses...»

Son sourire était effrayant. Sa mâchoire était énorme, presque indécente. J'avais l'impression que ses dents allaient se déchausser. Que la peau de ses joues allait craquer. J'avais le cœur au bord des lèvres. Et puis l'odeur... Cette odeur de médicaments, de mort et de Guerlain mélangés. C'était difficilement supportable et je me faisais violence pour ne pas poser ma main devant ma bouche. Je sentais que j'allais craquer. Ma vue se brouillait. Oh, presque rien tu sais, je faisais semblant de me frotter les yeux et de me pincer le nez comme si une poussière me gênait mais quand je l'ai regardée de nouveau en me forçant à lui rendre son sourire, elle m'a demandé : «Ça ne va pas?» Si, si ai-je répondu. Je sentais ma bouche s'affaisser en arc de cercle comme sur le visage des enfants tristes. «Si, si, ça va... C'est juste que... Je ne vous trouve pas très bonne mine, Françoise...» Elle a fermé les yeux et posé sa tête sur l'oreiller. «Ne vous en faites pas. Je vais m'en sortir... Il a trop besoin de moi, celui-là.»

Je suis reparti décomposé. Je me tenais aux murs. J'ai mis un temps fou avant de me souvenir où j'avais garé ma voiture et je me suis perdu sur ce foutu parking. Mais qu'est-ce qui m'arrivait? Qu'est-ce qui m'arrivait, bon Dieu? Était-ce de la voir comme ça? Était-ce cette odeur de charnier javellisé ou était-ce l'endroit tout simplement? Toute cette chape de malheur. De souffrance. Et ma petite Françoise aux bras ravagés, mon ange perdu au milieu de tous ces zombies. Perdue dans son lit minuscule. Qu'est-ce qu'ils avaient fait à ma princesse? Pourquoi ils l'avaient malmenée comme ça?

Oui, j'ai mis un temps fou à retrouver ma voiture et j'ai mis un temps fou à la démarrer, et ensuite, il m'a fallu encore plusieurs minutes avant d'enclencher la première, et tu sais pourquoi? Tu sais pourquoi je chancelais ainsi? Ce n'était pas à cause d'elle, ni de ses cathéters ou de sa souffrance, bien sûr que non. C'était...

Il avait relevé le tête.

—C'était le désespoir. Oui, c'était le boomerang qui me revenait dans la figure...

. . .

Silence.

. . .

J'ai fini par dire :

—Pierre?

—Oui?

—Vous allez penser que j'exagère, mais j'aimerais bien
une tisane finalement...

Il s'est levé en pestant pour cacher sa gratitude.

—Ah! là, là, vous ne savez jamais ce que vous voulez,
vous êtes pénibles à la fin...

Je l'ai suivi dans la cuisine et me suis assise de l'autre
côté de la table pendant qu'il mettait une casserole d'eau
à chauffer. La lumière m'agressait. J'ai descendu la suspension le plus bas possible pendant qu'il ouvrait tous les
placards.

— Je peux vous poser une question?

— Si tu me dis où trouver ce que je cherche.

— Là, devant vous, dans la boîte rouge.

— Celle-ci? On ne mettait pas ça là avant, il me semble qu'on... pardon, je t'écoute.

— Vous vous êtes vus pendant combien d'années?

— Avec Mathilde?

— Oui.

— Entre Hongkong et notre dernière discussion, cinq ans et sept mois.

— Et vous avez passé beaucoup de temps ensemble?

— Non, je te l'ai dit déjà. Quelques heures, quelques jours...

— Et ça vous suffisait?

— ...

— Ça vous suffisait?

— Non, bien sûr. Enfin si, puisque je n'ai rien fait pour changer les choses. C'est ce que je me suis dit après. Peut-être que c'était ça qui me convenait. «Convenir» ... que ce mot est laid. Peut-être que ça m'arrangeait d'avoir l'épouse rassurante d'un côte et le grand frisson de l'autre. Mon dîner en rentrant tous les soirs et la sensation de m'encanailler de temps en temps... L'estomac rempli et la peau du ventre bien tendue. C'était pratique, c'était confortable...

— Vous l'appeliez quand vous aviez besoin d'elle?

— Oui, c'était à peu près ça...

Il a posé un bol devant moi.

— En fait, non... Ça ne se passait pas comme ça... Un jour, au tout début, elle m'a écrit une lettre. La seule qu'elle m'ait jamais envoyée d'ailleurs. Elle disait :

J'ai réfléchi, je ne me fais pas d'illusions, je t'aime mais je n'ai pas confiance en toi. Puisque ce que nous vivons n'est pas réel, alors c'est un jeu. Puisque c'est un jeu, il faut des règles. Je ne veux plus te voir à Paris. Ni à Paris ni dans aucun autre endroit qui te fasse peur. Quand je suis avec toi, je veux pouvoir te donner la main dans la rue et t'embrasser dans les restaurants sinon ça ne m'intéresse pas. Je n'ai plus l'âge de jouer à chat. Donc nous nous verrons le plus loin possible, dans d'autres pays. Quand tu sauras où tu vas, tu me l'écriras à cette adresse, c'est chez ma sœur de Londres, elle saura où faire suivre le courrier. Ne te donne pas le mal d'écrire des mots gentils, préviens juste. Dis à quel hôtel tu descends et où et quand. Si je peux te rejoindre, je viendrai, sinon tant pis. Ne cherche pas à m'appeler, ni à savoir où je suis, ni comment je vis, je crois que ce n'est plus le problème. J'ai réfléchi, je pense que c'est la meilleure solution, faire comme toi, vivre de mon côté en t'aimant bien mais de loin. Je ne veux pas attendre tes coups de téléphone, je ne veux pas m'empêcher de tomber amoureuse, je veux pouvoir coucher avec qui je veux et quand je veux et sans scrupule. Parce que c'est toi qui a raison, la vie sans scrupule, c'est... *it's more convenient*. Je ne voyais pas les choses comme ça, mais pourquoi pas? Je veux bien essayer. Qu'est-ce que j'ai à perdre, finalement? Un homme lâche? Et à gagner? Le plaisir de dormir dans tes bras quelquefois... J'ai réfléchi, je veux bien essayer. C'est à prendre ou à laisser...

Qu'est-ce qu'il y a?

— Rien. Ça m'amuse de constater que vous aviez trouvé un adversaire à votre taille.

— Et non, malheureusement. Elle roulait des mécaniques et prenait des poses de femme fatale alors que c'était une grande tendre. Je ne le savais pas encore en acceptant ses conditions, je ne l'ai compris que beaucoup plus tard... Que cinq ans et sept mois plus tard...

Enfin si. Je te mens. Je le devinais entre les lignes, je devinais ce que ce genre de phrases devait lui coûter mais je n'allais pas m'appesantir parce que moi, ça m'allait très bien ces règles. Très, très bien même. J'allais intensifier la branche import-export et m'habituer aux décollages, voilà tout. Une lettre pareille, c'est inespéré, pour le gars qui veut tromper sa femme sans encombre. Bien sûr, son histoire de coucheries et de tomber amoureuse me chiffonnait un peu, mais on n'en était pas là...

Il s'est assis au bout de la table, à sa place habituelle.

— J'étais malin, hein? Oui, j'étais un gros malin en ce temps-là... Surtout que ça m'a fait gagner pas mal d'argent cette histoire... J'avais toujours eu tendance à négliger un peu l'international...

— Pourquoi tant de cynisme?

— Toi-même, tu as très bien répondu à cette question tout à l'heure...

Je me baissai pour attraper la passoire.

—En plus, c'était très romantique... Je descendais de l'avion le cœur battant, je me présentais à l'hôtel en espérant que ma clé n'y serait plus, je posais mes bagages dans des chambres inconnues en furetant partout pour savoir si elle était déjà passée, je repartais travailler, je rentrais le soir en suppliant le ciel pour qu'elle soit dans mon lit. Quelquefois elle y était, quelquefois non. Elle me rejoignait au milieu de la nuit et nous nous perdions l'un dans l'autre sans avoir échangé une seule parole. Nous riions sous les draps, émerveillés de nous retrouver là. Enfin. Si loin. Si proches. Quelquefois, elle n'arrivait que le lendemain et je passais la nuit assis au bar, à guetter les bruits du hall. Quelquefois, elle prenait une autre chambre et m'ordonnait de venir la rejoindre au petit matin. Quelquefois elle ne venait pas et je la haïssais. Je revenais à Paris de très méchante humeur. Au début j'avais vraiment du travail et puis, de moins en moins... J'inventais n'importe quoi pour pourvoir partir. Quelquelfois je voyais du pays et quelquefois je ne voyais rien d'autre que ma chambre d'hôtel. Il nous est même arrivé de rester dans l'enceinte de l'aéroport... C'était ridicule. Ça ne rimait à rien. Quelquefois nous parlions sans arrêt et d'autres fois nous n'avions rien à nous dire. Fidèle à sa promesse, Mathilde ne parlait presque jamais de sa vie sentimentale. Ou alors sur l'oreiller. Elle évoquait des hommes ou des situations qui me rendaient fou mais ça, c'était pour l'oreiller... J'étais à la merci de cette femme, de son petit air coquin quand elle faisait semblant de se tromper de prénom dans le noir. Je paraissais vexé mais j'étais anéanti. Je la prenais plus brutalement encore alors que je rêvais de la serrer dans mes bras.

Quand l'un de nous deux jouait, l'autre souffrait. C'était complètement absurde. Je rêvais de l'attraper et de la secouer jusqu'à ce qu'elle le crache, son venin. Qu'elle me le dise qu'elle m'aimait. Qu'elle me le dise bon sang. Mais je ne pouvais pas, c'était moi le salaud. C'était de ma faute tout ça...

Il s'était levé pour reprendre son verre.

— Qu'est-ce que je croyais? Que ça allait durer comme ça des années? Des années et des années? Non, je n'y croyais pas. Nous nous quittions furtivement, tristes et empotés sans jamais parler de la prochaine fois. Non, c'était intenable... Et plus je renâclais, plus je l'aimais, et plus je l'aimais, moins j'y croyais. Je me sentais dépassé, impuissant, ficelé sur ma toile. Immobile, résigné.

— Résigné à quoi?

— À la perdre un jour...

— Je ne vous comprends pas.

— Si... Bien sûr que tu me comprends... Qu'est-ce que tu voulais que je fasse, hein? Tu ne réponds rien?

— Non.

— Non, bien sûr que tu ne peux pas répondre... Tu es la personne la moins bien placée au monde pour répondre à cette question...

— Vous lui promettiez quoi exactement?

— Je ne me souviens plus... pas grand-chose j'imagine, ou alors l'inimaginable. Non, pas grand-chose... J'avais l'honnêteté de fermer les yeux quand elle me posait des questions et de l'embrasser quand elle attendait une réponse. J'avais presque cinquante ans et je me trouvais vieux. Je pensais que c'était la fin du parcours. Une fin ensoleillée... Je me disais : «Ne brusquons rien, elle est si jeune, c'est elle qui partira la première», et, à chaque fois que je la retrouvais, j'étais émerveillé mais surpris aussi. Comment? Elle est encore là? Mais pourquoi? Je voyais mal ce qu'elle trouvait d'aimable en moi, je me disais : «Pourquoi mettre la pagaille puisque c'est elle qui va me quitter?» C'était obligé, c'était fatal. Il n'y avait aucune raison pour qu'elle soit encore là la fois suivante, aucune raison... À la fin, j'en venais même à espérer qu'elle n'y soit pas. Jusqu'à présent, la Vie s'était si bien chargée de tout décider à ma place, pourquoi aurait-il fallu que ça change? Pourquoi? Je l'avais prouvé quand même que je n'étais pas doué pour prendre les choses en main... Dans mon métier, si, c'était un jeu et j'étais le meilleur, mais côté jardin? Je préférais subir, je préférais me consoler en me rappelant que j'étais celui qui subissait. Je préférais rêver ou regretter. C'est tellement plus simple...

Ma grand-tante paternelle, qui était russe, me répétait souvent :

«Toi, tu es comme mon père, tu as la nostalgie des montagnes.

— De quelles montagnes, Mouchka? lui demandais-je.

— De celles que tu n'as pas connues, voyons!»

— Elle vous disait ça?

— Oui. Elle me le répétait à chaque fois que je regardais par la fenêtre...

— Et qu'est-ce que vous regardiez?

— Les autobus!

Il riait.

— Encore un personnage qui t'aurait plu... Un vendredi je t'en reparlerai.

— On ira Chez Dominique alors...

— On ira où tu voudras, je te l'ai déjà dit.

Il a rempli mon bol.

— Mais elle, qu'est-ce qu'elle faisait pendant ce temps-là?

— Je ne sais pas... Elle travaillait. Elle avait trouvé une place à l'Unesco et l'avait quittée peu de temps après. Elle n'aimait pas traduire leurs salamalecs. Elle ne supportait pas de rester enfermée des journées entières à ânonner le prêchi-prêcha des hommes politiques. Elle préférait le monde du business où l'adrénaline était de meilleure qualité. Elle se baladait, rendait visite à ses frères, sœurs et amis éparpillés aux quatre coins du monde. Elle est restée un moment en Norvège mais elle ne les aimait pas non plus, ces ayatollahs aux yeux clairs, et puis elle avait tout le temps froid... Et quand elle en avait assez des décalages horaires, elle restait à Londres et traduisait des notices techniques. Elle adorait ses neveux.

— Mais à part le boulot?

— Ah, ça... Mystère et boules de gomme. Dieu sait que j'ai essayé de lui tirer les vers du nez pourtant... Elle se fermait, biaisait, se faufilait entre mes questions. «Laisse-moi au moins ça, me disait-elle, laisse-moi au moins cette dignité-là. La dignité de celles qui font *Back Street*. Ce n'est pas trop te demander quand même?» Ou alors elle me rendait la monnaie de ma pièce et me torturait en riant. «Au fait, je ne t'ai pas dit que je m'étais mariée le mois dernier? C'est bête, je voulais te montrer des photos mais je les ai oubliées. Il s'appelle Billy, il n'est pas très malin mais il s'occupe bien de moi, tu sais...»

— Ça vous faisait rire?

— Non. Pas tellement.

— Vous l'aimiez?

— Oui.

— Vous l'aimiez comment?

— Je l'aimais.

— Et vous gardez quel souvenir de ces années-là?

— Une vie en pointillé... Rien. Quelque chose. Puis rien de nouveau. Puis quelque chose. Puis rien encore... Du coup, c'est passé très vite... Quand j'y repense, j'ai l'impression que cette histoire n'a duré qu'une saison... Même pas une saison, un souffle. Une espèce de mirage... Il nous manquait la vie quotidienne. C'est de ça dont

Mathilde souffrait le plus je crois... Je m'en doutais, note bien, mais j'en ai eu la preuve un soir, après une longue journée de travail.

Quand je suis rentré, elle était assise devant un petit bureau et écrivait quelque chose sur le papier à lettres de l'hôtel. Elle avait déjà rempli une dizaine de pages de sa petite écriture serrée.

«À qui tu écris comme ça? lui ai-je demandé en me penchant sur son cou.

— À toi.

— À moi?»

Elle me quitte, ai-je eu le temps de penser et, déjà, je ne me sentais plus si bien.

«Qu'est-ce que tu as? Tu es tout pâle. Ça ne va pas?

— Pourquoi tu m'écris?

— Oh, en fait je ne t'écris pas vraiment, j'écris ce que j'ai envie de faire avec toi...»

Il y avait des feuilles partout. Autour d'elle, à ses pieds, sur le lit. J'en ai pris une au hasard :

...pique-niquer, faire la sieste au bord d'une rivière, manger des pêches, des crevettes, des croissants, du riz gluant, nager, danser, m'acheter des chaussures, de la lingerie, du parfum, lire le journal, lécher les vitrines, prendre le métro, surveiller l'heure, te pousser quand tu prends toute la place, étendre le linge, aller à l'Opéra, à Bayreuth, à Vienne, aux courses, au super-

marché, faire des barbecues, râler parce que tu as oublié le charbon, me laver les dents en même temps que
toi, t'acheter des caleçons, tondre la pelouse, lire le
journal par-dessus ton épaule, t'empêcher de manger
trop de cacahouètes, visiter les caves de la Loire, et
celles de la Hunter Valley, faire l'idiote, jacasser, te
présenter Martha et Tino, cueillir des mûres, cuisiner,
retourner au Vietnam, porter un sari, jardiner, te
réveiller encore parce que tu ronfles, aller au zoo, aux
puces, à Paris, à Londres, à Melrose, à Piccadilly, te
chanter des chansons, arrêter de fumer, te demander
de me couper les ongles, acheter de la vaisselle, des bêtises, des choses qui ne servent à rien, manger des
glaces, regarder les gens, te battre aux échecs, écouter
du jazz, du reggae, danser le mambo et le cha-cha-cha,
m'ennuyer, faire des caprices, bouder, rire, t'entor-
tiller autour de mon petit doigt, chercher une maison
avec vue sur les vaches, remplir d'indécents Caddie,
repeindre un plafond, coudre des rideaux, rester des
heures à table à discuter avec des gens intéressants, te
tenir par la barbichette, te couper les cheveux, enlever
les mauvaises herbes, laver la voiture, voir la mer,
revoir de vieux nanars, t'appeler encore, te dire des
mots crus, apprendre à tricoter, te tricoter une
écharpe, défaire cette horreur, recueillir des chats, des
chiens, des perroquets, des éléphants, louer des bicy-
clettes, ne pas s'en servir, rester dans un hamac, relire

les Bicot de ma grand-mère, revoir les robes de Suzy, boire des margaritas à l'ombre, tricher, apprendre à me servir d'un fer à repasser, jeter le fer à repasser par la fenêtre, chanter sous la pluie, fuir les touristes, m'enivrer, te dire toute la vérité, me souvenir que toute vérité n'est pas bonne à dire, t'écouter, te donner la main, récupérer mon fer à repasser, écouter les paroles des chansons, mettre le réveil, oublier nos valises, m'arrêter de courir, descendre les poubelles, te demander si tu m'aimes toujours, discuter avec la voisine, te raconter mon enfance à Bahreïn, les bagues de ma nounou, l'odeur du henné et les boulettes d'ambre, faire des mouillettes, des étiquettes pour les pots de confiture...

Et ça continuait comme ça pendant des pages et des pages. Des pages et des pages... Je te dis là ce qui me passe par la tête, ce dont je me souviens. C'était incroyable.

«Depuis combien de temps tu rédiges ça?

— Depuis ton départ.

— Mais pourquoi?

— Parce que je m'ennuie, m'a-t-elle répondu sur un ton joyeux, je meurs d'ennui, figure-toi!»

J'ai ramassé tout ce fourbi et je me suis assis sur le bord du lit pour y voir plus clair. Je souriais mais en vérité, tant de désir, tant d'énergie me paralysaient. Mais je souriais quand même. Elle savait dire les choses de façon si drôle, si spirituelle et puis elle guettait mes réactions. Sur une des pages, coincé entre «repartir à zéro» et «coller des photos», il y avait «un enfant», comme ça, sans commentaire. J'ai continué à inspecter cette immense liste sans moufter pendant qu'elle se mordait les joues.

«Alors? Elle ne respirait plus. Qu'est-ce que tu en penses?

— Qui sont Martha et Tino? ai-je demandé.»

À la forme de sa bouche, à la façon dont ses épaules se sont affaissées, à sa main qui tombait, j'ai su que j'allais la perdre. Qu'en posant cette question idiote, j'avais posé ma tête sur le billot. Elle est partie dans la salle de bains et a répondu «Des gens bien» avant de fermer la porte. Et au lieu de la rejoindre, au lieu de me jeter à ses pieds en lui disant que, oui, tout ce qu'elle voudrait, puisque oui, j'étais sur cette terre pour la rendre heureuse, je suis allé sur le balcon fumer une cigarette.

— Et alors?

— Alors rien. Elle avait mauvais goût. Nous sommes descendus dîner. Mathilde était belle. Plus belle que jamais me semblait-il. Et vivante, et gaie. Tout le monde la regardait. Les femmes se retournaient et les hommes me souriaient. Elle était... comment te dire... elle irradiait... Sa peau, son visage, son sourire, ses cheveux, ses gestes, tout en elle captait la lumière et la renvoyait avec grâce. C'était un mélange de vitalité et de douceur qui ne cessait de me surprendre. «Tu es belle» lui avouais-je, elle haussait les épaules, «C'est dans tes yeux», «Oui, acquiesçais-je, c'est dans mes yeux...»

Et quand je pense à elle aujourd'hui, après toutes ces années, c'est la première image qui me vient à l'esprit : elle, son long cou, ses yeux sombres et sa petite robe marron dans cette salle à manger autrichienne en train de hausser les épaules.

D'ailleurs, c'était exprès, toute cette beauté, toute cette grâce. Elle savait très bien ce qu'elle faisait ce soir-là : elle se rendait inoubliable. Peut-être que je me trompe mais je ne crois pas... C'était son chant du cygne, ses adieux, son mouchoir à la fenêtre. Elle était si fine, elle devait sentir cela... Même sa peau était plus douce. En était-elle consciente? Était-ce généreux de sa part ou seulement cruel? Les deux, je pense... Les deux...

Et cette nuit-là, après les caresses et les gémissements, elle m'a dit :

«Je peux te poser une question?

— Oui.

— Tu me répondras?

— Oui.»

J'avais rouvert les yeux.

«Tu ne trouves pas qu'on va bien ensemble?»

J'étais déçu, je m'attendais à quelque chose de plus... euh... flamboyant comme question.

«Si.

— Tu trouves aussi?

— Oui.

— Moi je trouve qu'on va bien ensemble...

J'aime être avec toi parce que je ne m'ennuie jamais. Même quand on ne se parle pas, même quand on ne se touche pas, même quand on n'est pas dans la même pièce, je ne m'ennuie pas. Je ne m'ennuie jamais. Je crois que c'est parce que j'ai confiance en toi, j'ai confiance en tes pensées. Tu peux comprendre ça? Tout ce que je vois de toi et tout ce que je ne vois pas, je l'aime. Pourtant je connais tes défauts. Mais justement, j'ai l'impression que tes défauts vont bien avec mes qualités. Nous n'avons pas peur des mêmes choses. Même nos démons vont bien ensemble! Toi, tu vaux mieux que ce que tu montres et moi, c'est le contraire. Moi, j'ai besoin de ton regard pour avoir un peu plus de... de la matière? Comment dit-on en français? De la constance? Quand on veut dire que quelqu'un est intéressant à l'intérieur?

— Profondeur?

— C'est ça! Moi je suis comme un cerfvolant, si quelqu'un ne tient pas la bobine, pfft, je m'envole... Et toi, c'est drôle, je me dis souvent que tu es assez fort pour me retenir et assez intelligent pour me laisser filer...

— Pourquoi tu me parles de tout ça?

— J'avais envie que tu le saches.

— Pourquoi maintenant?

— Je ne sais pas... Est-ce que ce n'est pas incroyable de rencontrer quelqu'un et de se dire : avec cette personne, je suis bien.

— Mais pourquoi tu me dis ça maintenant?

— Parce que quelquefois j'ai l'impression que tu ne te rends pas compte de la chance que nous avons...

— Mathilde?

— Oui.

— Tu vas me quitter?

— Non.

— Tu n'es pas heureuse?

— Pas très.»

Et nous nous sommes tus.

Le lendemain nous sommes allés crapahuter dans la montagne et le surlendemain, nous sommes repartis chacun de notre côté.

Ma tisane refroidissait.

— C'est fini?

— Presque.

— Quelques semaines plus tard, elle est venue à Paris et m'a demandé de lui accorder un moment. J'étais heureux et contrarié à la fois. Nous avons marché longtemps en parlant à peine et puis je l'ai emmenée déjeuner au rond-point des Champs-Élysées.

Alors que je m'enhardissais à prendre ses mains dans les miennes, elle m'a assommé :

«Pierre, je suis enceinte.

— De qui? ai-je répondu en blêmissant.»

Elle s'est levée radieuse.

«De personne.»

Elle a enfilé son manteau et repoussé sa chaise. Un sourire magnifique barrait son visage.

«Je te remercie, tu as prononcé les mots que j'attendais. Oui, j'ai fait tout ce chemin pour m'entendre dire ces deux mots. C'était un peu risqué.»

Je bafouillais, je voulais me relever mais le pied de la table me... Elle a fait un signe :

«Ne bouge pas.»

Ses yeux brillaient.

«J'ai eu ce que je voulais. Je n'arrivais pas à te quitter. Je ne peux pas passer ma vie à t'attendre mais je... Rien. Il fallait que j'entende ces deux mots. Il fallait que je la voie ta lâcheté. Que je la touche avec mon doigt, tu comprends? Non, ne bouge pas... ne bouge pas, je te dis! Ne bouge pas! Il faut que j'y aille maintenant. Je suis si fatiguée... Si tu savais comme je suis fatiguée, Pierre... Je... je n'en peux plus...»

Je m'étais levé.

«Tu vas me laisser partir, dis? Tu vas me laisser? Il faut que tu me laisses partir maintenant, il faut que tu me laisses... Elle s'étranglait. Tu vas me laisser partir, n'est-ce pas?»

J'ai acquiescé.

«Mais tu le sais que je t'aime, tu le sais, n'est-ce pas? ai-je fini par lâcher.»

Elle s'est éloignée et s'est retournée avant de franchir la porte. Elle m'a regardé fixement et a secoué la tête de gauche à droite.

. . .

Mon beau-père s'était levé pour tuer une bestiole sur la lampe.

Il a versé la fin de la bouteille dans son verre.

— Maintenant c'est fini?
— Oui.
— Vous ne l'avez pas rattrapée?
— Comme dans les films?
— Oui. Au ralenti...
— Non. Je suis allé me coucher.
— Vous coucher?
— Oui.
— Mais où?

— Chez moi, pardi!

— Pourquoi?

— Une grande faiblesse, une grande grande lassitude... Depuis plusieurs mois déjà, j'étais obsédé par un arbre mort. À n'importe quelle heure du jour ou de la nuit, je rêvais que j'escaladais un arbre mort et que je me laissais glisser dans son tronc creux. Et la chute était douce, douce... comme si je rebondissais sur la corolle d'un parachute. Je rebondissais, je tombais plus bas et je rebondissais encore. J'y pensais constamment. En réunion, à table, dans ma voiture, en cherchant le sommeil. J'escaladais mon arbre et je me laissais dégringoler.

— Dépression?

— Pas de grand mot, s'il te plaît, pas de grand mot... Tu sais bien comment ça se passe chez les Dippel, ricana-t-il, tu l'as dit tout à l'heure. Ni humeur, ni sécrétion, ni bile. Non, je ne pouvais décemment pas m'offrir ce genre de caprice. J'ai donc eu une hépatite. C'était plus convenable. Je me suis réveillé le lendemain, le blanc des yeux jaune citron, le dégoût de tout et les urines sombres et voilà, le tour était joué. Une hépatite carabinée pour un homme qui voyageait, ça tombait sous le sens.

C'est Christine qui m'avait déshabillé ce jour-là.

Je ne pouvais plus faire un geste... Pendant un mois, je suis resté dans mon lit, nauséeux et épuisé. Quand j'avais soif, j'attendais que quelqu'un entre et me tende un verre et quand j'avais froid, je ne trouvais pas la force de remonter ma couverture. Je ne parlais plus. J'interdisais qu'on ouvre les volets. J'étais devenu un vieillard. La bonté de Suzanne, mon impuissance, les chuchotements des enfants, tout m'épuisait. Est-ce qu'on ne pouvait pas fermer la porte une bonne fois pour toutes et me laisser seul avec mon chagrin? Est-ce que Mathilde serait venue si... Est-ce que... Oh... J'étais si fatigué. Et mes souvenirs, mes regrets et ma lâcheté me terrassaient plus encore. Les yeux mi-clos et le cœur au bord des lèvres, je songeais au désastre qu'avait été ma vie. Le bonheur était là et je l'avais laissé passer pour ne pas me compliquer l'existence. C'était si simple pourtant. Il suffisait de tendre la main. Le reste se serait bien arrangé d'une façon ou d'une autre. Tout fini par s'arranger quand on est heureux, tu ne penses pas?

— Je ne sais pas.

— Si, moi je sais. Tu peux me faire confiance Chloé. Je ne sais pas grand-chose mais ça, je le sais. Je ne suis pas plus clairvoyant qu'un autre seulement j'ai deux fois ton âge. Deux fois ton âge, tu te rends compte? La vie, même quand tu la nies, même quand tu la négliges, même quand tu refuses de l'admettre, est plus forte que toi. Plus forte que tout. Des gens sont revenus des camps et ont refait des enfants. Des hommes et des femmes qu'on a torturés, qui ont vu mourir leurs proches et brûler leur maison ont recommencé à courir après l'autobus, à commenter la météo et à marier leurs filles. C'est incroyable mais c'est comme ça. La Vie est plus forte que tout. Et

puis, qui sommes-nous pour nous accorder tant d'importance? Nous nous agitons, nous parlons fort et alors? Et
pourquoi? Et puis quoi, après?

Qu'est devenue la petite Sylvie pour laquelle Paul est
mort dans la pièce d'à côté? Qu'est-elle devenue, elle?

Le feu va mourir...

Il s'est levé pour remettre une bûche.

Et moi, songeais-je, où je suis dans tout ça?

Je suis où, moi?

Il était agenouillé devant le cheminée.

— Tu me crois, Chloé? Tu me crois quand je te dis
que la vie est plus forte que toi?

— Sûrement...

— Tu me fais confiance?

— Ça dépend des jours.

— Et aujourd'hui?

— Oui.

— Alors tu ferais bien d'aller te coucher maintenant.

— Vous ne l'avez jamais revue? Vous n'avez jamais essayé de prendre de ses nouvelles? Vous ne lui avez jamais
téléphoné?

Il a soupiré.

— Tu n'en as pas eu assez?

— Non.

— J'ai appelé chez sa sœur bien sûr, j'y suis même allé mais ça n'a servi à rien. L'oiseau s'était envolé... Pour la retrouver il aurait déjà fallu que je sache dans quel hémisphère la chercher... Et puis j'avais promis de la laisser tranquille. C'est une qualité que l'on peut me reconnaître tout de même. Je suis beau joueur.

— C'est complètement idiot ce que vous dites là. Le problème n'était pas d'être bon ou mauvais joueur. Beau on mauvais perdant. C'est complètement débile comme raisonnement, débile et puéril. Ce n'était pas un jeu quand même... Si? C'était un jeu?

Il se réjouissait.

— Décidément, je ne me fais pas de souci pour toi, ma grande. Tu n'imagines pas l'estime que je te porte. Tu es tout ce que je ne suis pas, tu es ma géante et ton bon sens nous sauvera tous...

— Vous êtes soûl, c'est ça?

— Tu veux rire? Je ne me suis jamais senti aussi bien!

Il s'est relevé en se tenant au linteau de la cheminée.

— Allons nous coucher maintenant.

— Vous n'avez pas fini...

— Tu veux m'entendre radoter encore?!

— Oui.

— Pourquoi?

— Parce que j'aime les belles histoires.

— Tu trouves que c'est une belle histoire?

— Oui.

— Moi aussi...

— Vous l'avez revue, n'est-ce pas? Au Palais-Royal?

— Comment tu sais ça?

— C'est vous qui me l'avez dit!

— Ah bon? J'ai dit ça?

J'opinai.

— Alors ce sera le dernier acte...

Ce jour-là, j'invitais des clients au Grand Véfour. C'est Françoise qui avait tout organisé. Millésimes, mains dans le dos et mignardises. J'avais sorti le grand jeu. Depuis le temps que je devais m'y coller... Ce fut un déjeuner sans intérêt. J'ai toujours détesté ça. Passer des heures à table à plaisanter avec des types dont je me fous complètement et me cogner toutes leurs histoires de boulot... En plus, je passais pour le rabat-joie de la bande à cause de mon foie. Pendant très longtemps, je n'ai plus bu une goutte d'alcool et ai demandé aux garçons de me dire très précisément ce qu'il y avait dans chaque plat. Enfin, tu vois le genre d'emmerdeur... Et puis, je n'aime pas tellement la compagnie des hommes. Ils m'ennuient. Rien n'a changé depuis les années de pensionnat. Les farauds sont toujours les mêmes et les fayots aussi...

J'en étais donc là de ma vie, devant la porte d'un grand restaurant, un peu lourd, un peu las à taper dans le dos d'un autre gros cigare en rêvant du moment où je pourrais enfin desserrer ma ceinture quand je l'ai aperçue. Elle marchait vite, courait presque et traînait derrière elle un petit garçon mécontent. «Mathilde?» ai-je murmuré. Je l'ai vue pâlir. J'ai vu le sol se dérober sous ses pieds. Elle n'a pas ralenti. «Mathilde!», ai-je répété plus fort, «Mathilde!» Et je suis parti comme un voleur. «Mathiiilde!» Je hurlais presque. Le petit garçon s'était retourné.

Je l'ai invitée à boire un café sous les arcades. Elle n'a pas eu la force de refuser, elle... Elle était si belle encore. Je me forçais. J'étais un peu gauche, un peu bête, un peu badin. C'était difficile.

Où vivait-elle? Pourquoi était-elle ici? Qu'elle me parle d'elle. Dis-moi comment tu vas? Tu vis ici? Tu vis à Paris? Elle répondait de mauvaise grâce. Elle était mal à l'aise et mordillait le bout de sa petite cuillère. De toute façon je ne l'écoutais pas, je ne l'écoutais plus. Je regardais ce petit garçon blond qui avait récupéré tous les quignons de pain des tables voisines et lançait des miettes aux oiseaux. Il avait fait deux tas, un pour les moineaux, l'autre pour les pigeons et régentait tout ce petit monde avec passion. Les pigeons ne devaient pas venir manger les miettes des plus petits. *«Go away you!»* criait-il en leur donnant des coups de pied, *«Go away you stupid bird!»* Au moment où je me suis retourné vers sa mère en ouvrant la bouche, elle m'a coupé la parole :

«Ne te fatigue pas, Pierre, ne te fatigue pas. Il n'a pas cinq ans... Il n'a pas cinq ans, tu comprends?»

J'ai refermé ma bouche.

«Comment s'appelle-t-il?

— Tom.

— Il parle anglais?

— Anglais et français.

— Tu as d'autres enfants?

— Non.

— Tu... Tu... Je veux dire... tu vis avec quelqu'un?»

Elle a raclé le sucre au fond de sa tasse et m'a souri.

«Il faut que j'y aille maintenant. On nous attend.

— Déjà?»

Elle s'était levée.

«Je peux vous déposer quelque part, je...»

Elle a pris son sac.

«Pierre, je t'en prie...»

Et là, j'ai craqué. Je ne m'y attendais pas du tout. Je me suis mis à pleurer comme une madeleine. Je... Il était pour moi ce gamin. C'était à moi de lui montrer comment chasser les pigeons, c'était à moi de ramasser son pull et de lui remettre sa casquette. C'était à moi de le faire. En plus, je savais qu'elle me mentait! Il avait plus de quatre ans ce gamin-là. Je n'étais pas aveugle quand même! Je savais bien qu'elle me mentait! Pourquoi elle me mentait comme ça?! Pourquoi elle m'avait menti? On n'a pas le droit de mentir comme ça! On... Je sanglotais. Je voulais lui dire que...

Elle a poussé sa chaise.

«Je te laisse maintenant. Moi j'ai déjà tout pleuré.»

— Et après?

   — Après je suis reparti...

   — Non mais je veux dire, avec Mathilde, après?

   — Après c'est fini.

   — Fini, fini?

   — Fini.

Long silence.

— Elle mentait?

   — Non. Depuis j'ai fait attention. J'ai comparé avec d'autres gamins, avec tes filles... non, je crois qu'elle ne mentait pas. Les enfants sont si grands maintenant... Avec toutes ces vitamines que vous mettez dans leurs biberons... Je pense à lui quelquefois. Il doit avoir presque quinze ans aujourd'hui... Il doit être immense ce gosse.

   — Vous n'avez jamais essayé de la revoir?

   — Non.

   — Et aujourd'hui? Peut-être qu'elle...

   — Aujourd'hui c'est fini. Aujourd'hui je... Je ne sais même pas si je serais encore capable de la...

   Il dépliait le pare-feu.

   — Je n'ai plus envie d'en parler.

...

Il est allé fermer la porte d'entrée à clé et a éteint toutes les lampes.

Je ne bougeais pas du canapé.

— Allez, Chloé... Tu as vu l'heure? Va te coucher maintenant.

Je ne répondais pas.

— Tu m'entends?

Alors c'est une connerie l'amour? C'est ça? Ça ne marche jamais?

— Si ça marche. Mais il faut se battre...

— Se battre comment?

— Se battre un petit peu. Un petit peu chaque jour, avoir le courage d'être soi-même, décider d'être heur...

— Oh! comme c'est beau ce que vous dites là! On dirait du Paulo Coelho...

— Moque-toi, moque-toi...

— Être soi-même, ça veut dire planter sa femme et ses gosses?

— Qui parle de planter ses gosses?

— Oh! Arrêtez. Vous comprenez bien ce que je veux dire...

— Non.

Je m'étais remise à pleurer.

— Allez! partez maintenant. Laissez-moi. Je n'en peux plus de vos bons sentiments. Je n'en peux plus. Vous me gavez monsieur l'Écorché vif, vous me gavez...

— J'y vais, j'y vais. Demandé si gentiment...

Au moment de sortir de la pièce, il a dit :

— Une dernière histoire, je peux?

Je ne voulais pas.

— Un jour, il y a bien longtemps, je suis allé à la boulangerie avec ma petite fille. C'était rare que j'aille à la boulangerie avec ma petite fille. C'était rare que je lui donne la main et c'était plus rare encore que je sois seul avec elle. Ce devait être un dimanche matin, il y avait du monde dans la boulangerie, les gens achetaient des fraisiers ou des vacherins. En sortant, ma petite fille m'a demandé de lui donner le croûton de la baguette. J'ai refusé. Non, lui ai-je répondu, non. Quand nous serons à table. Nous sommes rentrés et nous nous sommes tous assis pour déjeuner. Une gentille petite famille. C'est moi qui ai coupé le pain. J'y tenais. Je voulais honorer ma promesse. Mais quand j'ai tendu le croûton à ma petite fille, elle l'a donné à son frère.

— Mais tu m'as dit que tu le voulais...

— C'était tout à l'heure que je le voulais, a-t-elle répondu en dépliant sa serviette.

— Mais, il a le même goût, ai-je insisté, c'est le même...

Elle a tourné la tête.

— Non merci.

Je vais aller me coucher, je vais te laisser dans le noir si c'est ça que tu veux mais avant d'éteindre, je voudrais poser une question. Je ne te la pose pas à toi, je ne me la pose pas à moi, je la pose aux boiseries :

— Est-ce que cette petite fille têtue n'aurait pas préféré vivre avec un papa plus heureux?

continued . . .